Eigentlich erzählt Georges-Arthur Goldschmidt in seinen Büchern immer wieder die Überlebensgeschichte eines aus Deutschland stammenden jüdischen Jungen in Frankreich während der deutschen Besetzung. Aber *wie* er erzählt, jedes Mal! Zu Goldschmidts bekanntestem Buch, ›Die Absonderung‹, schrieb die ›FAZ‹: »Für die deutsche Literatur ist dieses Buch ein unverdientes Geschenk.« An dieses Werk knüpft die Erzählung ›Der unterbrochene Wald‹ an. Der Leser ist freilich nicht auf die Kenntnis des vorausgegangenen Werkes angewiesen. Hier wie dort wechselt der Erzähler zwischen verschiedenen Orten und zwischen verschiedenen Zeitebenen hin und her, zwischen Norddeutschland und Frankreich, zwischen Vorkriegs- und Nachkriegszeit. Und immer wieder zeigt er den Helden als Kind, als pubertierenden Knaben und als jungen Mann. An chronologischer Ordnung ist Goldschmidt nicht gelegen, er liefert, eher lyrisch als episch, eine Reihe von blitzartig aufleuchtenden, assoziativ geordneten Bildern. Zum guten Teil handelt ›Der unterbrochene Wald‹ vom ersten Besuch des Erzählers in seinem vormaligen Heimathaus bei Hamburg – vor allem von der ahnungslosen Begriffsstutzigkeit der Nachkriegsdeutschen. ›Der unterbrochene Wald‹ wurde (wie zwei vorausgegangene Bücher von Georges-Arthur Goldschmidt) von Peter Handke ins Deutsche übertragen. Goldschmidt seinerseits hat mehrere Bücher von Peter Handke ins Französische übersetzt.

Georges-Arthur Goldschmidt wurde 1928 in Hamburg geboren; verbrachte die Zeit des Nationalsozialismus in Verstecken in Frankreich; später Gymnasiallehrer für Deutsch in Paris; Autor von Romanen und Essays; wurde 1991 mit dem Geschwister-Scholl-Preis und 1993 mit dem Bremer Literaturpreis ausgezeichnet: ›Die Absonderung‹ erhielt den Literaturpreis des Südwestfunks 1991. Er lebt in Paris.
Von Georges-Arthur Goldschmidt außerdem im Fischer Taschenbuch-Programm: ›Die Absonderung‹ (Bd. 11867).

Georges-Arthur Goldschmidt

Der unterbrochene Wald

Erzählung

Aus dem Französischen von
Peter Handke

Fischer Taschenbuch Verlag

Veröffentlicht im Fischer Taschenbuch Verlag GmbH,
Frankfurt am Main, Mai 1995

Lizenzausgabe mit freundlicher Genehmigung des
Amman Verlags AG, Zürich
Die Originalausgabe erschien 1991 bei
Editions du Seuil in Paris unter dem Titel
›La forêt interrompue‹

Druck und Bindung: Clausen & Bosse, Leck
Printed in Germany
ISBN 3-596-11866-2

Gedruckt auf chlor- und säurefreiem Papier

Für Thomas, für später

»Zuinnerst bin ich heiter, doch an der Oberfläche bedrängt mich alles.«

Flaubert an Le Poitevin,
15. April 1845

I

Am Ende der Rue du Garde-Chasse taucht der Himmel unversehens ins Leere. Es ist eine ruhige und schmale Straße, gesäumt von Gärten, gleich hinter Paris. Die Geräusche der Schritte sind hoch oder tief, je nachdem ob die Passanten an einem Haus vorbeigehen oder an einem Zaun. Es parken keine Autos entlang den Trottoirs, deren Ränder, hell auf der einen, dunkel auf der andern Seite, gleichförmig den Verlauf der Straße nachziehen.

Über ihre ganze Breite ist die Fahrbahn am Horizont zerfranst von der Berührung des Himmels. Gleich am Beginn der Straße ahnt der Spaziergänger die Weite, die sich da ankündigt. Der Schritt ändert sich, wird schneller oder, wenn man die Überraschung über die bevorstehende Entdeckung sich aufsparen will, langsamer. Je näher man dem Ende kommt, desto weiter wird es, das Licht belebt sich, und die Unermeßlichkeit der Landschaft wird spürbar, ehe sie noch in den Blick gerät.

Die Straße läuft aus in einer leichten Neigung. Kleine Häuser beidseits, stößt sie zuletzt auf eine Grasflanke.

Und von dort aus geht der Blick in eine so weite Gegend, daß die vollständige Vergangenheit aufersteht, schluchzergleich. Ein undeutliches Rumoren steigt auf, Geräusche, Töne hallen wider, schon anderswo gehört, hier und da, so als sei es immer noch damals: Jenseits von Pantin erstreckt die Ebene sich weg zum für immer verschwundenen Geburtsland. Der Atem wird tief: vom Mont-Valérien und dem Hügel von St-Cloud, linker Hand bis Montfermeil, rechter Hand bis zum Plateau d'Avron, zieht sich bis zur Blickgrenze beinah die gesamte nördliche Vorstadtregion hin, und von dem Punkt, wo man ist, kann das Auge ganze Geschichten streifen: von den Straßen, vertrauten Horizonten zu Wesen, welche da nebeneinander leben, unbekannt, und so weiter ins Unendliche.

In der Ferne schallt es von einem fahrenden Zug, dumpf und zugleich fein, eine klare Linie, die dort links den Raum teilt. Dann klirrt die Bahn, dunkle Stange, plötzlich zwischen Häusern, wo man nie Schienen vermutet hätte.

Lange folgt der Blick der kleinwinzigen Passage durch den Raum, so groß, daß man die Arme breiten möchte.

Wenn man die Augen schloß, war es, sehr weit weg, der Güterzug, welcher, von rechts nach links, abfuhr nach Berlin. Berlin, dieses Wort hatte die Kindheit beschwingt. Er hatte sich hohe Fabrikschlote vorgestellt, aufragend aus der Heide, mit Tausenden von Ziegeln, eine Rundung nach der andern: je näher man kam, um so mächtiger wurde die Basis, und trotzdem erhob sich, im Abstand, immer ein unüberwindliches Hindernis, eine Mauer, ein Gebäude, ein Hangar. Nein, die Basis der Schlote blieb jeweils unsichtbar. Nie käme man an jene Stelle, wo sie sich berühren ließen und wo man sehen könnte, wie sie sie selber waren, wie sie es machten, emporzuragen über sich selbst, von Ziegel zu Ziegel.

Deren rosa, oder rötlicher, Schimmer wechselte mit ihrem Volumen, welches die Finger gleichsam schon auffaserten. Einige trugen – senkrecht in Lettern aus weißen Ziegeln – das Datum ihrer Erbauung: 1883 oder 1907. Die Spitzen oben waren bezeichnet von einer schwarz-ziegeligen, kohlschwarzen Ausbuchtung, wo dann die Fahrt der Finger innegehalten hätte – wären sie überhaupt über diese ganze Länge gekommen, die sich nach und nach verjüngende Rundung hinauf.

Manchmal erhoben sich weiter weg andere Schlote, schon ausgebleicht in der Entfernung, und dahinter zeigten sich wieder welche, pastellrosa oder schon bläulich. Sie waren gestaffelt, ohne sich zu vermischen, und der Horizont wirkte so weit, daß die Brust sich sperrte wie unter einem Schmerz. Einige waren so entfernt, daß sie Schiffsmasten glichen.

Dort hinten erstreckte sich vielleicht Hamburg, wo er geboren war, woher sie gekommen waren von sehr weit, sie hatten mit sich genommen das Pfeifen des Winds und jenen Ort, mag sein die Reling, an welche jemand die Hand gelegt hatte am Abschiedstag, als sich jählings das Wasser zeigte zwischen den gewaltigen, von Feuchtigkeit grünen Balken. Und schon war's zu spät gewesen.

In der Kindheit hatte er seine Eltern für immer verlassen müssen, und jener Morgen blieb eingebrannt in sein Gedächtnis, begleitet weder von Kummer noch Trauer, und zugleich mit einer solchen Schärfe, daß er immer neu ihn sich klar vor Augen rufen konnte.

Seitdem war ihm, als überflöge er sich selbst, von Landschaft zu Landschaft. Er war in ein Kinderheim gebracht worden, sehr hoch überm Tal. Angekommen war er da in einem offenen Wagen, eine Verwandte hatte ihn begrüßt, umgeben von Schnee.

Um ihn herum wurde eine Sprache mit spitzen, seltsamen Lauten gesprochen, welche er nicht verstand. Den ganzen Krieg hatte er da verbracht und am Ende seine Herkunft vergessen, nichts war ihm davon geblieben als jener Morgen. In den ausgehenden vierziger Jahren hatte er sich wiedergefunden in der Pariser Vorstadtgegend, inmitten von Rübenäkkern, Raum allüberall, Gebäude und Serien von Fabrikschloten, sehr weit weg, und dahinter erhob sich manchmal Montmartre.

Andere waren aufgebrochen nach Amerika. Sie hatten Dampfer oder Frachtschiffe bestiegen und waren, oben auf der Brücke, vielleicht auch in Gedanken bei der Abfahrt gewesen und bei jenem Schiff, welches nach Hamburg zurückkehren und anlegen würde am selben

Quai. Seltsam, daß die Objekte zurückkehren konnten an die Orte, die man selber verlassen hatte für immer. Die Hand auf der Reling berührte etwas, was zurückkehrte in den Heimathafen.

Seine Familie dort wollte ihn nicht mehr, er war im Weg, und man zog um. Im übrigen wäre man gezwungen, sich an die Vergangenheit zu erinnern, wenn er zurückkäme, an die Lager und dergleichen; hatte man nicht schon genug Ängste ausgestanden um sich selber aufgrund der Herkunft, der Mesalliancen? Komm in die Ferien, ja. Und er kam zurück an seine Kindheitsorte, und es war, als gingen sie ihn gar nichts an. Er bewohnte damals eine Mansarde in einem Waisenhaus, betrieb dort fragwürdige Studien, und am Abend schloß er sich ein, um nicht überrascht zu werden. Er hatte seine Gewohnheiten, dazu einen Spiegel, seinen haarlosen Körper zu reflektieren.

Er wußte noch nicht: Es gibt Reisen, die man besser unterläßt, kehrt man dahin zurück, beginnt der Abschied.

Daß er dahin zurückkehrte, kam ein Jahrzehnt später, gerade als sein Erinnern überging ins heilsame Vergessen. Zehn Jahre lang hatte er in dem Kinderheim verbracht, zehn Jahre an einem Berghang in einem Gebäude, dessen Dach zur einen Seite die Straße berührte und wo auf der anderen Seite der Keller das Tal überragte. Wenn er vor der unermeßlichen Sonne vom Spaziergang heimkam, stellte er sich ein jedes Mal seinen Vater vor, am Ausgang des Pfades dort unten, im grauen Hut mit breitem Band. Und ein jedes Mal bei dieser Vorstellung schnürte ihn die Scham ein.

Die Straße verlief auf einer Stützmauer oberhalb des Pfads. Ein paar Schritte, und sie verschwand zu seinen Häupten. An der Pfadbiegung erweiterte die Steinwand sich jäh, senkrecht, festzementiert. Ein Steigschritt, und sie war auf Schenkelhöhe, noch einer, und sie war brusthoch. Streckte man den Arm aus, ließ sich die Hand flach auf die Fahrbahn legen, noch ein Schritt, und man rührte mit dem Kinn an den Straßenrand. Jetzt war die ganze Erdoberfläche auf Augenhöhe; in der Ferne, unter dem Himmel, wo große Wolken standen, das Geburtsland.

Wenn er gezüchtigt worden war, hatte er verschwinden wollen unter der Steilstelle der Straße, sich da einwühlen, mit der Straße zu seinen Häupten: Er würde das leichte Dahinzischen der Fahrräder hören oder die Schritte der Fußgänger, und zuweilen auch, von weitem schon angekündigt, ein Auto; angewinkelt läge er da ans Herz des Steins, mit diesem eins. Er wäre hineingeglitten ins Erdreich, und dessen Klammheit verband sich mit seiner Haut, zog genau die Formen seines Körpers nach, in langsamen Kriechbewegungen grub er sich tiefer, die Kiesel und die Erde darunter rieben und skulpturierten der Länge nach seinen Leib. Als er die Augen aufmachte, war da die ganze Himmelshöhe über der fast vertikalen Wand des Straßenunterbaus.

Mit zehn Jahren der Abschied, und fünfzig Jahre lang das Augenschließen, um die Stimmen wiederzuhören im Moment davor: die Eltern, die so taten, als hätten sie ihre Alltagsstimmen und sähen den Rückweg vor sich und die Landschaft von immer.

Die Hast hatte den Körper derart verkrampft, und der Samt im Eisenbahnabteil spannte derart, war derart steif, daß man durch die neue Hose die Samtstreifen spürte.

Dieser Abschied dauerte an: das Gartentor,

die weißen Stäbe heben sich ab vor dem Taxi, das dahinter wartet: als sei man zu Besuch gekommen. Das Knirschen im Kies, und das Bestreben, dort zu gehen, wo er am feinsten ist, auf dem Weg zwischen den beiden Rasenstükken und der Hecke vor einem, wie jeden Tag: jetzt ist man auf halbem Weg, dahinter – es wäre das letzte Mal – das gelbe Haus, mit der Veranda in der Mitte, umgeben von Blätterwerk, der Balkon, die Etage und das Schieferdach, der Giebel im Zentrum, und die großen weißen Fenster, welche ins Freie wiesen. Es genügte, sich umzuwenden, man sah's in einem einzigen Augenblick. Man selbst wäre fort, und alles bliebe, als wäre man noch da.

Man hatte Zeit gehabt zu gar nichts: die braun gestrichenen Eisensäulen des Bahnhofs, das unzählbare Schlagen der Zugtüren: für jenes letzte Mal saß er in der zweiten Klasse statt wie sonst, wenn er nach Hamburg zum Zahnarzt gebracht wurde, in der dritten. Dann war der Vorortzug eingefahren in die Riesenhalle, unter dem Glasdach, welches rundum den Raum überwölbte und ganze Züge in sich aufnahm. Die Treppe, die am Ende des Quais hinaufführte zu der Passage über den Gleisen: gelaufen waren sie, den Körper nach vorn geneigt; man hatte sich in sich selbst gekrümmt vor Eile, man würde den Zug nach München versäumen: »Bahnsteig Sieben«, wiederholte seine Mutter in einem fort, während die Kleider um sie hingen. Und wie jedesmal empfand er jene Angst, die ihm den Brustkorb versperrte, die übliche, während er doch wegfuhr für immer. Und zugleich waren's die gleichen Gesten wie auf dem Weg zum Dentisten: die Furcht, sich zu verlieren inmitten der Menge; unter all den Gesichtern nicht das eine gute zu erkennen; Händefuchteln, Armzucken.

Das Abteil des Schnellzugs war dunkel; der Zug stand am Ende des Bahnhofs unter der Passage. Man erwartete ungeduldig die Abfahrt, als sei die Zukunft schon da, irgendwo darauf wartend, daß man sich bei ihr einstelle.

Seit jenem Tag im Jahr 1938 hatte die Reise immerzu angedauert, ein kompakter Punkt im Innern, über dem Herzen, gleich einem Gepäckstück, das ausgepackt werden wollte.

Zuzeiten hieß es tief atmen, um das aufsteigende Schluchzen loszuwerden: noch immer brannte das Laubwerk des Gartens, in jenem Herbst, in dem man begann, alles zu entdekken, die Klarheit des Himmels und das Vorbeiziehen des Raums und den in der Sonne blinkenden Glaspokal, wohinein die Blindschleiche gelegt worden war zum Aufwärmen; glattes, durchscheinendes, eingepaßtes Ding, im Freien. Die Seltsamkeit der Dinge vor dem Hintergrund der Bäume und des Grases, und der Schall der Stimmen, oder das Fahrradklingeln, und die spitzen Möwenschreie.

Von dem ersten Rucken des Zuges an war zu spüren gewesen jenes schwerfällige Zögern dieser Masse aus Holz und Eisen, eine langsame Gewichtigkeit vor dem Einsetzen der Bewegung, und der Speicher war ihm vor Augen getreten, samt all den Einzelheiten: in der Düsternis die helle Lukenöffnung und unter dem stillen Mond zwischen den Baumästen der geradlinige Horizont, so gerade, daß die Hand ihn nachziehen wollte. Und wieder die Atemnot vor einer künftigen Zeit, welche irgendwo schon fertig da war. Eine beinah triumphale Ahnung hatte ihm das Rückgrat gehöhlt, eine Erwartung, eine Gewißheit.

Dann war der Zug dahingerollt, das Licht hatte sich geweitet; zu beiden Seiten Gleisstränge wie blinkende Horizonte und darüber für Augenblicke die Düsterkeit der Brücken. Sonderbar das so kleine Abteil in einem so langen Zug.

Als er 1949 zurückfuhr, um seine Familie, Schwestern, Schwager und Neffen, zu besuchen, ging sein Blick wieder hinaus zu den zwei Fenstern des letzten Waggons; am Zugende befand sich, wie bei der Abfahrt einst, ein Passagierwaggon: Seite an Seite, getrennt von gummiverkleideten Metalleisten, gingen die zwei länglichen Scheiben auf die Schienen hinaus, und vor einem zog die Landschaft weg in die Gegenrichtung: die Ziegel der Wärterhäuschen, deren graugrüne Dächer mit Vorbauten – sie blieben unverändert und verkleinerten sich zugleich im Zuschauen –, die Signale, die Gebäude waren Augenblicke später nur helle Punkte, schon verschluckt vom Horizont. Hügel erschienen, um welche der Zug bisweilen kurvte, während man mit dem Körper der Krümmung nachging.

Manchmal wurden ganze Städte durchbraust. Sie zeichneten sich ab zu beiden Seiten der Gleise, wie eigens dazu errichtet, und der Zug ließ einen braunen und grauen, immergleichen Wirbel hinter sich, durchschossen von der silbrigen Spur der Schienen. Türme erhoben sich rechts oder links und schrumpften gleich wieder.

All diese Jahre waren demnach vergangen in Erwartung der beiden Fenster des letzten Waggons, und an jenem Tag, 1949, war es endlich, daß, nach einem Jahrzehnt, ihm jäh der Abschied erschien, den Brustkorb zuschnürend; er hätte den Umriß des Schmerzes mit einem Bleistift sich auf die Haut zeichnen können. All diese Jahre hatte er damit verbracht, die Farben, die Formen, die Zäune, die Straßen auszulöschen, welche etwas zum Wiedererkennen gewesen wären: aber: nichts war vergessen. Schon zwischen Osnabrück und Lohne waren jene Buchenwäldchen mit den hellen Stämmen vorbeigezogen, durchwirkt von Schatten, der Erdboden übersät mit Rundwällen abgefallenen Laubs. Lauenbrück, Königsmoor, Tostedt: die Namen der Bahnhöfe standen geschrieben in schwarzen gotischen Buchstaben längs der Bahnsteige.

Rückwärts gleichsam, begegnete er Landschaften, die sein Vater gemalt hatte, mit langsamen Pinselstrichen, vortretend mit gezücktem Werkzeug, zum Prüfen zurückgehend, ein unaufhörliches Vor und Zurück. Die Staffelei vor ihm, auf drei festen Beinen, schien ihm das Bild vorzuzeichnen. Grotesk dieser Mensch im städtischen Aufzug mitten im Wald, den Hut auf dem Kopf, wie er verkleinert die Landschaft nachzog. Er gab sie auf der Leinwand wie zerschnitten wieder: der gleiche goldgelbe Hintergrund, unterbrochen von dem Schatten oder der Helligkeit der Stämme.

Buchholz: der Zug wurde schneller, so als ginge es bergab; eine Kehre ließ sich allmählich spüren, und dann, als eine nach und nach entstehende Öffnung, von links nach rechts, so groß, so weit, daß man sie für das Meer hielt, ließ sich die Elbmündung sehen.

Gleich wäre er an dem vertrauten Bahnhof, wo die Seinen ihn sicher bereits erwarteten, auf dem Bahnsteig, mit den entsprechenden Worten auf den Lippen. Schon sah er sich Gesten vollführen, fuchtelnde Arme, während in seinem Kopf wieder einmal die Schuldbilder abliefen: sie hatten allesamt mit dem Kinderheim zu tun, wo er aufgewachsen war, und mit dem Waisenhaus, wo ihm danach eine Mansarde zugeteilt worden war.

Da stand er, auf der Fahrt durch die Landschaft, in dieser länglichen Schachtel, welche sich fortbewegte. Er war da INHALT. Und das alles war fabriziert worden zum Transport von Körpern, sitzenden, stehenden oder gegen die Richtung des Zugs sich bewegenden. Ein stummes Gelächter packte ihn, so dahinzurollen mit all diesen Leibern, Rücken an Rücken, Gesicht zu Gesicht, Rücken an Rücken, Gesicht zu Gesicht.

II

Nach der senkrechten Leere über der Place des Fêtes, eingelassen wie ein Hochplateau zwischen den aufschießenden Bauwerken, führt die Rue Compans hügelab, vorbei an den Fundamenten der Wohntürme. Tunnels sind da eingegraben, groß wie Bahnhöfe, und im hellen Viereck am andern Ende zeigen sich eine andere Straße, Gebäudeausschnitte.

Die Rue Compans hat ein Fragment von einem Landweg bewahrt, eine Sackgasse mündet in sie ein, deren uralte Pflasterung leicht gebaucht und geglättet ist. Sie schrumpft zusammen zwischen Betonmauern, biegt plötzlich ab und bildet eine baumgesäumte Allee, mit einer Öffnung geradewegs auf den Himmel, wird eine Fußgängerpassage mit Pappeln, gleichsam am Ende einer Riesenstadt, auslaufend auf eine Klippe, ausgestattet mit einem Balkon. Die Weite ist indigograu wie das Meer; darin eine Vielzahl von Details, ineinandergeschoben, so fern sind sie. Über dem leichten Rumoren von Paris das wechselseitige Geräusch sich kreuzender Züge, Ausfahrt und Rückkehr sozusagen vermischt, gleichzeitig, so als sei das Erwachsenenalter nur eine Vorläufigkeit.

Das Grollen der Züge in der Erinnerung: da rollen sie sehr schnell auf den hohen Dämmen der Ebene zwischen Bremen und Hamburg. Diese Rückkehr, elf Jahre später, ist ein stetig sich wiederholendes Bild. Er hatte das Waisenhaus der Vorstadt hinter sich gelassen; im Fahren stellte er sich seine Mansarde vor.

In der Landschaft, an einer leicht schiefwinkeligen Scheune, hatte er einen Taubenschlag gesehen. Felder, Wiesen, eine Straße, Zäune und Pappeln an dem Lauf der unsichtbaren, aber immer gegenwärtigen Oise.

Am Abfahrtstag hatte er mit der flachen Hand auf seine graue Bettdecke geklopft, und davon war ein Abdruck geblieben, den er bei der Rückkehr wiederfände. Und nun, in jenem norddeutschen Garten, schloß er manchmal die Augen und versuchte, sich seiner Mansarde zu entsinnen, deren Bett mit der straffgezogenen Decke, worin der Abdruck seiner Hand geblieben war. Aber bald kam das Vergessen. So versuchte das Gedächtnis einen Blick von oben: vom Plafond lag das Bett da unter jenem Kinderkörper mit den steifen Beinen, die Hände ausgestreckt auf das graue Leinen des Überzugs.

Der Blick zeigt ihn in der Horizontalen, milchig, zitternde Arme, welche sich leicht vor und zurück bewegen; das Möbel läßt das mit sich geschehen, die vier Beine des Betts bleiben unbewegt. Rundherum die Stille des ausgehenden Nachmittags, das Hochhinaufschrillen der Möwen, hier, dort, sehr weit weg das Geräusch eines startenden Wagens; die von innen abgeschlossene Tür, der umgedrehte Schlüssel, das Fenster darüber, sicher vor allen Blicken. Er bricht ab gerade im letzten Moment, und während er an der Wand steht, sieht er das Bett in der ganzen Länge, die graue Decke zerknüllt an der Matratze und die umgelegte Kissenrolle gesäumt von weißen Binden auf tiefbraunem Grund; bedeckt von einem Handtuch.

Die Reise hatte ihn sehr weit davon weggeführt. Er war aufgebrochen, seine Kindheit wiederzusehen, und hatte nichts wiedererkannt. Er hatte sich die Orte für immer ins Gedächtnis gebrannt und zugleich doch alles getan, sie zu vergessen. Es fehlte ihnen die Zeit, da er weg gewesen war, um seine Erinnerungen zu ordnen.

Er war zurückgekehrt, und trotz des Krieges waren die Orte noch vorhanden. Die Zeit war gestrichen, aus ihm vertrieben das Bild seiner Eltern. Viel später erst war es, daß ihm das Gedächtnis wiederkam.

In den Landschaften der Kindheit, den kaum erst entdeckten, hatte er weder gelernt, sich zu setzen noch sich auszustrecken im Gras und derart ringsum die Welt sich entfalten zu lassen.

Nachts, in dem Kinderheim hoch über dem Tal, war es, bei geschlossenen Augen, die Ebene seiner Kindheit gewesen, wo so viele Wege unerforscht geblieben waren: der nach Silk zum Beispiel, wo das Sommergras trokken und klar auf dem Abhang gezittert hatte, welchen die Buchen mit ihrem scharfen Schatten- und Lichtspiel musterten.

1949, elf Jahre danach, war er nach Silk zurückgekehrt, kannte noch den Weg, welcher unten den Hang mit einem unermeßlichen

Weizenfeld säumte, abgeschnitten vom Himmel. Er hatte sich ins Gras gesetzt, auf eine kleine Böschung, und in der Waldlichtung hatte sich eine andere abgezeichnet, so als wäre eine jede Landschaft errichtet auf der Erinnerung an eine andre. Da, im nördlichen Deutschland, kam ihm Savoyen in den Sinn, zur Zeit der Befreiung. Im letzten Jahr der Okkupation war er versteckt worden in Bauernhöfen, wegen seiner Herkunft, und im September 1944 zurück in das Kinderheim gekommen, das starr und hoch über dem Tal lag. Schüler und zugleich Domestik, war er so servil wie undiszipliniert, und trotz seiner sechzehn Jahre bekam er's wöchentlich auf den Hintern.

Er war zu den Bauern geschickt worden, um die noch seltenen, rationierten Kartoffeln zu kaufen. Zu mehreren waren sie dann diese abholen gegangen, der Bauer hatte fünfzig Kilo davon in einen Kinderwagen gefüllt. Sie waren eingetaucht in die Dichte des Fichtenwalds, wo zwischen den Stämmen, an der Lichtung, der Gegenhang durchschimmerte. Alle Zukunft war ihm entfaltet erschienen unter dem Mond des Sommers.

Der Wagen rumpelte über die Wurzeln am Boden. Zu sechst schoben und zogen sie. Sooft der Wagen stockte, berührten sich ihre Körper, und jedesmal durchschoß es ihn dabei heiß. Er sah sich auf dem Speicher, gefügig, gekrümmt. Sie hatten eine Art Zuneigung zu ihm wie zu einem nahen, sehr vertrauten Gegenstand, während er begeistert war von dem verheißungsvollen Mond, vom milchigen Glanz der fernen Matten und der Unermeßlichkeit der Zeit, welche auf ihn wartete.

Den mit Kartoffeln vollen Kinderwagen schiebend, fühlte er sich stolz und stark. Seine Mitschüler, wie er sechzehn oder siebzehn, redeten lauthals in dem stillen Wald, der mit ihren klaren Stimmen beruhigend wirkte. Man konnte mit diesem und jenem reden und vernahm die eigene Stimme unter den der andern, und am Ausgang des Waldes seine Hand auf der Wagenkante liegen zu sehen neben all den ihren, das hatte ihn erfüllt mit Freude, er schob mit ihnen, er war einer von ihnen, er überließ sich ihnen, nichts hatte er mehr zu fürchten. Es gab zwar die Gendarmeriepatrouillen gegen den schwarzen Markt, doch auch die Gendarmen waren Teil dieser Welt ohne Furcht, auch sie, harmlos, französisch, trugen bei zur Beruhigung.

Während all dieser Jahre, besonders als er versteckt war in den Höfen am Berghang, hatte ihm, sooft sein Körper sich hingab, er keine Gegenwart mehr spürte und die Landschaft um ihn eine Zukunft vorstellte, in einer jäh von irgendwo hervorgebrochenen Angst der Atem gestockt. Ein jedes Mal stieg in ihm das Bild von den Füßen der Juden auf, welche auf dem Dorfplatz hatten in den Lastwagen steigen müssen; er hatte bei ihrem Abtransport zugeschaut. Sie stiegen die kleine Klappstufe hinten an der Wagenwand hinauf, und der Gestapomann half ihnen, eines Morgens bei grauem, gleichförmigem, lichtem Himmel, der einem Lust auf eine Bergwanderung machte. Er hatte sie in den Laster steigen sehen, manchmal kreuzte einer ihrer Blicke den seinen. Er, er war frei zurückgekehrt, hinauf zu dem Kinderheim, die ganze Steigung vor sich, mitsamt diesem Himmel, diesen Bäumen, dieser Straße.

Er hatte sie gesehen nur für den Moment, in dem er die Fahrbahn überquerte, und doch genügte eine Geste, ein Passant, und sie waren wieder da. Jener Mann so viele Jahre danach, in einem Film über die Deportation, vielleicht war er einer von denen gewesen, er hatte weiße Haare und trug einen Mantel mit Fischgrätenmuster, ein Arzt oder ein Anwalt? Er wendet sich um zu seiner Frau. Ein jeder trägt eine große Mappe mit seinen letzten Habseligkeiten, während sie dem Sterben entgegengehen, der Film zeigt ihre Mühsal beim Einsteigen in den Viehwaggon.

Von sehr weit, er war da schon mitten im Kinderheimhang, kam das Geräusch des Lastwagens undeutlich her, ein kleinwinziger Tonfaden gespannt über dem Talgrund. Und er, von seiner Höhe aus, hatte, wie in der Unendlichkeit, im Dunst die Ebene sich erstrecken sehen, meergleich. Er wußte: da, dort würden sie sterben. Unter dem senkrechten Himmel zeigten sich dunkle Flächen von einem beinahe schwarzen Grün, darin eingeschnitten große sandige Höhlungen.

Grundlos jeweils, daß der Laster ihm in den Sinn kam, der Knall der Wagenwand, das Herabfallen, eine nach der andern, der Spangen. Und jene Gesichter, sie waren ihren Lebtag lang jene Gesichter gewesen, vor Möbeln, vor Wandteppichen, hinter Zäunen, in Bahnabteilen, und er hatte sie da gesehen, unter einem Himmel, wo die Wolken zogen wie überall, stehend in einem Lastwagen, Gesichter in einem Lastwagen, die beim Anfahren alle in die gleiche Richtung geruckt worden waren. Die Landschaft war unverändert geblieben, und er, in Sicherheit, hatte sich ergangen unter demselben Himmel.

Einige dieser Juden, ausländischer Herkunft, waren untergebracht gewesen in Bauernhöfen, andre in Hotels oder Wohnungen. Man gab ihnen weiße oder rote Rüben zu essen, in Speisesälen. Angekommen waren sie im Juni 1943, und im Sommer gingen sie durch die Dorfstraßen, in kleinen geschlossenen Gruppen, wie um sich nicht zu verlieren. Nie ein Kind, das seinen Eltern vorauslief. Sie waren gekommen mit Kleidern, die nicht zu der Landschaft paßten.

Von dem Vorsprung, auf welchem das Kinderheim stand, ging der Blick in solch eine Weite, daß es Monate bedurft hätte, sie zu durchqueren. Und in der gewaltigen Bauchung des Tals erkannte man die Juden auf der

Stelle, sie wandten sich ohne Unterlaß um, warteten einer auf den andern und stiegen jeweils sehr früh ab zum Dorf. Mit der Zeit erkannte man die Gruppen von fern, einige drangen zuweilen ein bißchen weiter vor, überschritten jedoch keinmal die Schwelle zu den Wäldern, vielleicht sollte man nicht denken, sie wollten fliehen.

Im Dorf gingen sie schnell, mit starrem Blick, große Augen, die in sich hineinschauten, so als vermieden sie diese Ferienlandschaft, welche ihnen verboten war, in die man sie wie zum Hohn gesteckt hatte, zwischen diese weiten und leuchtenden Berge, die sie sich nicht einprägen mochten, um in der Folge nicht gar zu leiden.

Zweimal am Tag hatten sie sich einzustellen bei der Kommandantur, einem Hotel am Hang, in einem großen hellen Büro, dessen eines Fenster zum Berg ging, das andre zum Himmel. Sie waren registriert. Sie trugen keinen gelben Stern, es gab keinen mehr. Wären ihre Namen nicht registriert gewesen, in jenem tucheingeschlagenen Buch, hätten sie vielleicht nicht sterben müssen, und wie viele mögliche Verstecke gab es auch, man hatte nur hineinzupassen: Löcher in den Bäumen, kleine Böschungshöhlen, das Erddach gesäumt von weißem Wurzelwerk.

Dann, 1945, an einem klaren Frühlingstag, hatte er jene Photos gesehen, an den Mauern und in den Zeitungen: das längliche Gebäude, ebenerdig zum Beschauer, obenauf in der Mitte des Satteldachs ein viereckiges Türmchen, ein Gleis, völlig gerade, läuft darauf zu, nach einer Weichenstelle, von der, hinten auf der Photographie, Verzweigungen ausgehen. Das Wetter ist schön, die Sonne, nach den Schatten der Schienen auf den Schwellen zu schließen, scheint ziemlich kräftig. Vielleicht waren die Leute auf dem Lastwagen da eingetreten, mit ihren Gesten, mit ihren Fischgrätenmänteln, ihren Mappen, so wie sie auf der Straße gewesen waren, jetzt, da sie sterben sollten.

Er hatte seine Familie wiedergefunden; sie bewohnte sein Geburtshaus, die Etage der Villa, deren Fenster auf das Astwerk und den Himmel dazwischen gingen: der Schwager, die ältere Schwester, die Kinder. Er erkannte die Möbel wieder. Seltsam: die Möbel waren geblieben, und er, er hatte weg müssen. Es wurde ihm von Deutschland erzählt: von den Kartoffeln, die man in die Aktentaschen packte und in den Büros kochte, den endlosen Warteschlangen: »Wir hatten nichts!« Gerade, daß man ihn nicht beschuldigte. Sein Blick suchte ohne Unterlaß die entsprechenden Räume, die gewaltige Heide hinter den Kiefern, die wenigen Wege, die, vollkommen gerade, da hinführten. Fern, über dem Heidekraut, vielleicht ein Zaun, und Kinder, die aus dem Unterholz kamen, gedankenversunken, die Räder vor sich herschiebend.

An einem Kindheitstag hatte er sich einmal einige Kilometer weit in Richtung Berlin bewegt, im Herzogtum Lauenburg. Die Straße ging durch sehr grünes Gras, zwischen hohen Baumkuppeln. In dem Regen hatte er das Sirren seiner Fahrradreifen auf dem Asphalt gehört. Eine feine Wasserschneide entsprang an dem Vorderrad. Nach jeder der von Hecken gesäumten Weiden erschienen andere, und plötzlich hatte sich ein unermeßlicher nackter Raum aufgetan, welchen die Doppelreihe der weißen Birken zu beiden Seiten der Straße ohne Unterlaß aufschlitzte, bis an den Grund des Indigohimmels, auf dem das Gewitter abzog. In seiner Brust hatte er den Biß des Unterwegsseins gespürt. In jener Horizonttiefe kamen die Züge von Berlin an. Er stellte sich den großen Fächer der Schienen vor, mit den Häuserblöcken an den Rändern, durchschnitten von Passagen, welche jäh auf die Gleise stießen. Der Zug fuhr über Brücken aus gelben, gelackten Ziegeln, unter denen die Helligkeit der Straßen changierte, so als kämen sie in andere Städte. Jemand, hatte man ihm erzählt, wohnte in einem jener Gebäude, deren fensterlose Mauern gleich an der Bahnlinie standen: Eine Reklame für SALAMANDER-Schuhe war da aufgemalt, gelb, und das Schlafzimmer stieß an den Körper des Salamanders, das Bett an den Kopf. Die Reisenden draußen ahnten nichts; und auch ihn hätte so vielleicht niemand gesehen, eine winzige Gestalt, die in der Verborgenheit lebte, dort zwischen den Ziegeln, sein sicheres Zuhause wäre da gewesen, auf schwindelnder Höhe über den Gleisen. Innerhalb der Ziegelmauern verzweigten sich Flure und Zimmer, ein vollständiges Leben wäre so möglich gewesen, und weit unten hätte er das Rollen der Züge gehört.

Er hatte überlebt, fernab vom Krieg; ein paar aufeinanderfolgende Fluggeschwader und der Brandschein hinter den Bergen. Und das Hämmern seines Herzens bei der Militärstreife auf dem Bauernhof, wo er versteckt war, allein eine Plankenwand trennte ihn von den Deutschen, reglos lag er im Heu, an das Dach geschmiegt, in einen Balken verwandelt, er sah sich würfelförmig, ausgetrocknet, durchzogen von Fasern und Rissen, eingeschlossen in das Balken-Wesen, nach und nach übergegangen in die Massigkeit des Balkens, in die Unregelmäßigkeiten und die Rauheit des Holzes. Als die Deutschen abzogen – sie waren, ein kleiner Teil der Patrouille, nur gekommen, um Butter und Eier zu kaufen –, bedauerte er es beinah, aus seinem Dachwinkel herauszukönnen; vergessen der Herzschlag und die Furcht, welche ihn gezweiteilt hatte, wie eine zu groß gewordene Scheibe.

Oder aber es hätte genügt, Zuflucht zu nehmen, wie in dem Grimmschen Märchen, im Ohr des Pferdes, er hätte es sich da gemütlich gemacht und, geborgen in der häuslichen Kuppel des Ohrs über sich, die Landschaften vorbeiziehen sehen, geschützt vorm Regen, den Gewittern, umgeben von diesem unendlichen Körper, hätte er die Stimmen derer gehört, die ihn suchten, um ihn weit weg zu schaffen, in die östlichen Ebenen. Und siehe, kaum fünf Jahre danach saß er am Rand dieses Hohlwegs da, in Silk, Schleswig-Holstein, seinem Deutschland. Die Furcht hatte sich verdichtet in einem Punkt inmitten des Brustkorbs, eine kleine kompakte Kugel. Mit dem Finger hätte er sie da bezeichnen können. Von da gingen auch jeweils seine Schuldbilder aus: all jene Landschaften, in denen er noch und noch vorkam. Der Weg senkte sich, weiß, trocken, mit einem fortlaufenden Grasmittelstreifen, so als säumte ihn ein Schienenpaar, bog sacht ab und erreichte eine Enge, wo zwischen dem Dickicht die Hitze vibrierte. Der Wind erhob sich, das Gewitter kam. Er konnte sich nicht aus den Fesseln befreien, mit denen sie ihn angebunden hatten, und er robbte unter das Gebüsch, wo das Klopfen des Regens sich aufgelöst hatte in ein Gerinne.

III

Zwischen Pouilly und Fresneaux steigt die völlig gerade Straße, gesäumt von Eschen, sanft an, ohne sich freilich zugleich der Horizontlinie anzunähern. Der Blick geht voraus, bis an den Rand des Plateaus; die ganze Weite ist zu durchmessen, mitsamt den mehr oder weniger dunklen Bereichen dazwischen, je nachdem ob Bäume an der Chaussee stehen oder nicht. Dort wo die Steigung ausläuft, verdüstert sich das Licht, hellt danach auf in einem weiten Raum. Die dunkelste Zone, das ist ein Wald, der seinen Schatten auf die ihn durchschneidende Straße wirft. Diese ist dort an der leichten Steigung seitlich bewachsen von moosigem, schütterem Gestrüpp, wie an einer Lichtung. Gleich dahinter beginnt der Wald. Mit ein paar Schritten gelangt man aus einem Sonnenschein, welcher den ganzen Körper erfaßt, in einen gleichförmigen Halbschatten, von dem sich alle Gegenstände mit äußerster Klarheit abheben.

In der Kindheit betritt und verläßt man so den Wald, und man kehrt dahin zurück, um, sich umwendend, vor sich die senkrechte Wand des Horizonts zu haben. Im Waldinnern ist das Licht, als hätte es seinen Ort gefunden, heller als an der dabei doch so nahen Lichtung. Nach einiger Zeit rückt der Waldhorizont zusammen, und zugleich, beim Aufblick zu den Öffnungen hoch oben, durchflochten von Astwerk, erweitert sich der Körper, die Atmung ändert sich, man weiß nun die Richtung, man kann sich nicht verirren, beim Ausgang des Walds stehen beruhigend die Häuser.

Gleichwohl gab es da jenen von Kiefernnadeln braunen Hang, so steil, daß man über sich dann gleichsam nur Wände sah. Die Helligkeit zwischen den Bäumen führte zum Abgrund, zur Gefahr; man mußte sich von Baum zu Baum tasten, so als seien die Stämme ein Schutz. Doch je höher man stieg, desto mehr, gegen den Kamm zu, milderte und lichtete sich die Steigung: da warteten sie vielleicht auf ihn. Erstaunlich, daß die Deutschen, die auf der Suche nach ihm gewesen waren, diese so schnell aufgegeben hatten.

Sein dicker Mantelstoff hing an ihm mit der

seltsamen Steifheit und Fremdartigkeit der Objekte: während er sich fürchtete, hörte der Stoff ganz und gar nicht auf, marineblauer Stoff zu sein. Er war ausgewichen vor einem Dorf namens Les Pettoreaux, wo er jemanden mit einem Emaileimer von einem Hof zu einem andern gehen sah. Seine Kleidung war mit ihm da vorbeigegangen, Flächen um Flächen aus senkrecht fallendem Tuch, und sein Leib trug alles das wohin auch immer mit sich. Die Kleider ließen's sich gefallen, und wenn man so dahinging, sahen die Leute einen darin, die Angst blieb unsichtbar.

Plötzlich hatte er die Seilbahn kommen hören, zu seiner Linken, so klar, daß das Rollen am Seil vernehmbar wurde und an jedem Mast das Beschleunigungsgeräusch. Fuhr die Seilbahn bergan, so hieß das, der ganze Berg wurde abgesucht; die Kanzel voll von Soldaten, die hinter ihm her waren. Er spähte zwischen die Wurzelmulden zu Füßen der Fichten, der braune Boden war leicht und mürbe, ein feuchtes Puder, das man zwischen die Finger nehmen konnte. Hier und dort waren die Mulden groß genug, sich als ganzer da einzugraben, um sich herum hatte man, schwarz und weich, ein winziges Zimmer, und darüber, wunderbar, der Länge nach der Baum. Wer hätte geglaubt, daß dieser ein Kind enthielte?

Einige Tage zuvor war er zum protestantischen Gottesdienst gegangen, zum Direktor des »Hôtel du Mont-d'Arbois«, der Pastor war eigens von Annecy gekommen, mehr als zwei Stunden hatte er dazu gebraucht, dauernd hatte er anhalten müssen, um seinen Gasgenerator nachzufüllen; ein Pastor im städtischen Aufzug, mitten auf dem Land Scheite nachfüllend in jenen Rundofen, angebracht hinten auf dem Auto: diese Vorstellung brachte ihn zum Lachen, und während er da vor ihm von Jesus redete, hatte er sich ihn vorgestellt beim Nachlegen des Holzes, wobei immerzu der Knoten seiner Krawatte ruckte. Während der Pastor sprach, saßen alle Leute auf Stühlen, hinter ihnen die unbeweglichen Lehnen, rechtwinkelig, starr, wie gleichgültig gegenüber dem Körper, der an sie rührte, wobei die beiden Leisten die Schultern überragten. Und er heuchelte Frömmigkeit, legte sich die Hand vor die Augen, den Arm auf das Knie gestützt, manchmal ruckelte er mit dem Kopf, um die Intensität seiner Durchdrungenheit zu zeigen, machte sich interessant und fixierte den Pastor, um das Augenmerk auf sich zu lenken; unter den Dutzenden Anwesenden war er es, an den der Pastor sich eigens richtete, und wenn er von ihm angeschaut wurde, blähten Eitelkeit und Genugtuung ihm die Brust.

Der Pastor erzählte, zur Zeit der Dragonaden habe sich, in einem Dorf der Cevennen, ein alter Mann in einen Backofen geflüchtet und sich dort hinten eingegraben. Eine Spinne knüpfte nun, es war die Stunde des Morgentaus, ihr Netz vor die Öffnung, und als einige Zeit danach die Soldaten, bei der Plünderung des Dorfes, vorbeikamen, meinte ihr Anführer, es sei sinnlos, den Ofen zu durchsuchen, dem Spinnennetz am Eingang nach zu schließen, konnte er nur leer sein.

Ein paar Tage später waren die Deutschen heraufgekommen auf der Suche nach ihm, ihm selbst. Es war ein schöner frischer Morgen, durchzogen von Wolkenschatten, dazwischen die Sonne auf den Tischen drinnen und auf den Hängen draußen, als wollte der Tag noch einmal Morgen werden.

Das Seltsame, das war der Platz, den man einnahm, hier in dem Raum. Die Tische waren zusammengeschoben worden, er befand sich an dem einen Ende: zu seiner Rechten die drei großen quadratischen Fenster, welche auf den Berg schauten, und vor ihm, auf und ab gehend, die Vize-Vorsteherin des Kinderheims, die ihnen den gemeinsamen Nenner der Brüche beibrachte. Die Freude hatte sich seiner bemächtigt, jäh alles zu verstehen, zu spüren, wie die Welt sich auftat rundherum. All jene Morgen, die ihm bevorstanden, ein jeder sich öffnend in eine neue Weite, unter großen Himmeln, in welche die Wolken aufragten, von einer Landschaft zur andern; in der Ferne eine Verheißung, deren Orte schon da waren, noch unsichtbar.

Plötzlich, an der andern Seite des Raums, das Aufgehen der Tür, eine Holzfläche in der Wand, die Vorsteherin machte eine Geste, und fast schon bevor sie ihn anblickte, war er aufgestanden: diesmal ging es nicht um Züchtigung, der Augenblick war gekommen, alles in ihm drängte nach innen, in den Bauch, auf welchen der restliche Körper drückte, trübe Masse, kaum aufrecht zu halten. Jede seiner

Gebärden, Vortreten, Armebewegen, zugleich Schauen, verrichtete er unter dieser Schwere, die auf ihm lastete.

»Schnell, sie kommen!« Schon wurde ihm – das geschah ihm zum ersten Mal im Leben – sein dicker Mantel aufgehalten, ausgebreitet zwischen den Händen der Vorsteherin. Das Karofutter zeigte sich als ganzes, mit den zwei dunklen und runden Löchern oben. Mit einer einzigen Wendung, so als sei er immer noch ein reicher, fuhr er mit den Armen in die Öffnungen.

»Mein Kleiner ...«, sagte sie, mit solch einem Blick der Zuneigung, daß er wußte, er würde ihn niemals vergessen. Durch die Eingangstür kam, begrenzt von dem Rahmen, die Landschaft vollständig herein, die Fichten durchschnitten von dem abschüssigen Pfad, die Unzahl der Steine und der Sandkörner, in den Boden gepreßt von den Schritten. Die Angst kürzte ihm die Beine, die Erde schien sich zu entfernen, so als segelte er.

Zu dritt drängten sie heran, an der Angel von Straße und Pfad. Sie nahmen dessen ganze Breite ein, hatten schon die Horizontale erreicht, die den Scheitel des Pfads bildete, der

Offizier in der Mitte, die zwei Soldaten, *feldgrau,* zu beiden Seiten, das kleine schwarze Loch der Maschinenpistole auf ihn gerichtet: zu dritt bewegten sie sich voran mit der Geschwindigkeit einer Schiebewand.

Er war nur noch ein Pappstück, in dessen Mitte die Last wuchtete, und zugleich gelang es ihm, zu tun, als sei das gar nicht er, der da bergauf ging, indes sie von oben kamen, auf der Suche nach ihm. Die Zeit war so kompakt, stand derart still, daß man alle Einzelheiten der Uniformen mustern konnte: jenen Stoff, der an den Körpern hing und sich mit ihnen fortbewegte, das schwarze Leder der Gürtel oder der Stiefel, welches gegerbt worden war, beschnitten, gelackt, und sich jetzt unterwegs auf diesem Weg befand.

Sie machten ihm sogar Platz, um ihn vorbeizulassen, betrachteten ihn: seltsam, diese Gesichter, die man sah zum ersten Mal und die einen abholen sollten.

In der Wegmündung, noch im Hang, stand ein deutscher Militärwagen, zwei andre Soldaten saßen darin, und sie sprachen seine Sprache, sie hatten laute Stimmen, und er verstand jedes Wort, gern hätte er mit ihnen geredet.

Er fand sich wieder auf den Gebirgshängen, als sei er gegangen ohne Bewußtsein. Die Angst umriß ihm all sein Inneres, sie hob ihn heraus aus dem Luftraum wie jemand Nackten, für jedermann sichtbar.

Der Regen, lange aufgefangen von den Zweigen, tropfte durch, schwer, senkrecht. Er kam an einen Ort, wo es nach den dichtstehenden Fichten sich lichtete. An diesem Teil des Hangs wuchsen große Buchen, und davon ging das Licht aus. Der Blick ging hier zwischen den Stämmen weiter als inmitten des Fichtendickichts, das Erdreich war bedeckt von braunen Blättern, eingeebnet vom Regen, weich, feingezeichnet: sie ließen sich alle zusammen sehen und zugleich ein jedes einzeln. Er zog sich sofort wieder unter das Dach der Fichten zurück, um von der Dunkelheit aufgenommen zu werden und in ihr aufzugehen.

Und augenblicklich sah er, mit äußerster Klarheit, jenen Wald wieder, den er in der Kindheit durchquert hatte mit seinem Vater: der Boden war von einer ähnlichen Festigkeit, doch kaum gefurcht, der Horizont, sich momentweise verengend, öffnete sich hin zu anderen, zu Lichtungen, welche den ganzen Blick aufnahmen und wo der Himmel gerade abgeschnitten war von der gelben, mit Herbstblättern bedeckten Linie der Erde. Hier erhob sich, zwischen dichter als sonst stehenden Buchen, ein senkrechter Stein, überzogen mit grünem Moos, staubfein, wie ein Pigment des Steins selbst. Ein kleines Gitter umgab ihn, zum Teil schon in der Erde versunken.

Es war ein Gedenkstein für einen da ermordeten jüdischen Hausierer. Immer wieder sah er den Hausierer über das Laub kriechen, mitsamt seinem Gewand, seiner Gestalt, seinem Gesicht, so als sei seine Angst im Moment des Todes derart stark gewesen, daß sie sich, Jahrhunderte später, eingrub in den Kopf des andern. Er war gekrochen, sich anklammernd an die Laubkälte, sein Gewand blieb hängen an den unteren Zweigen, sich tiergleich hinten aufkrümmend, um noch ein wenig weiter unter das Baumdach zu flüchten. Er hörte sich schnaufen, ebenso heftig wie seine Verfolger. Stimmen zielten auf ihn, die andern hatten helle Haare, waren kräftig.

Und er war stolz gewesen, nicht zu denen zu gehören, die sich verstecken mußten, die nicht immerzu nach dem Ausweg, der Zuflucht spähten. Und nun gehörte er dazu, wollte sich in den Boden graben, schrumpfen, sich ins Laub hineinfressen, um unsichtbar zu werden.

Das gleiche Röcheln kam aus ihm, vielleicht hörbar wie jenes des Hausierers, abgehackt, je nach den Bäumen, hinter denen er sich versteckte. Nach und nach war er wieder talab gestiegen, gepackt von nächtlicher Unruhe, immer wieder eingeschnürt von der Angst. Vor ihm lag schon der Grashang, dessen Grün eindunkelte und zugleich farbiger wurde, kräftiger, wie belebt vom Abendwerden, ihm dadurch näher. Er wußte nicht, wohin, hinauf? hinunter? Die Deutschen suchten ihn nicht mehr, die Bergstille war so groß, daß er den Raum rund um sich mit allen Sinnen aufnahm.

Ohne sich dessen bewußt zu werden, hatte er den Weg bergab genommen, welcher tiefzerschrunden war von den Regenfällen. Und jäh, noch bevor er ihn sah, *sah* er ihn, sah ihn da als ganzen, einen Kameraden aus dem Kinderheim, größer als er. Er war gekommen, ihn zu suchen, denn die Gefahr war fürs erste vorbei, die Autos der Deutschen waren abgefahren.

Sie gingen an den Höfen von Les Pettoreaux vorbei, deren Dächer beinah den Boden berührten, in den Steinunterbau eingelassen kleine Fenster, hinter deren einem jemand aufgestützt saß an einem rot und weiß karierten Wachstuch. Alles war gleich geblieben, der Wind hob das Gras an dem Wegrand und zog durch die Äste der Bäume.

Wie um ihm die Angst auszulöschen, kam ihm der Sommer in den Sinn, mit dem Karussell, das sich gedreht hatte auf dem Dorfplatz. An einem der bemalten Stirnschilder ließ sich immer wieder der in lebhaften Farben aufgetragene Bach sehen, wie er kleiner wurde hinten in einem Wald mit weißen Buchenstämmen. Er hatte seinen Sack abgestellt, welcher so dicht angestopft war mit Broten, daß der Stoff sich glatt und straff spannte. Indem er den Rest des Brotgelds nahm, hatte er sich, wie dorthin gestoßen, trotz seines Alters eingereiht zwischen die Kleinen in eine der Gondeln des roten Ringelspiels: Samt, vergoldete Nägel, in die Mitte eingelassen ein ebensolcher Stiel. In diesem leicht zitternden Nachen hatte er den Platz umrundet. Immerzu dieselbe Stelle des Gemeindeamtes: die drei offenen Arkaden in dem Grau des Gebäudes. In diesem stets gleichen Raumabschnitt zeigte sich an der Bäckerei unversehens, mit dem Blick auf das Karussell, die Vorsteherin des Kinderheims, sie war ihm wohl nachgegangen. Er stellte sich seinen Körper von hinten vor, so wie er selber sich niemals sähe und so wie ein jeder ihn sah. Ihre Blicke trafen einander. Er kreiste weiter in seiner roten Gondel, für die er zu groß war. Unter den Augen aller fuhr er im Kreis. Über ihm drehte sich das bemalte Stirnschild, die Landschaften, der Bach und die Birken, die Halteseile und die Girlanden. Sooft er vorbeikam, stand da die Direktorin und sah die Brote, welche er sich auf die Knie gelegt hatte und die sich drehten mit ihm.

Als das Ringelspiel anhielt, fühlte er, unter den Kindern, die aus- und einstiegen, sich plötzlich als Erwachsener, hoch über dem Erdboden. Die Vorsteherin näherte sich und ohrfeigte ihn, vor all den übrigen, mit ganzer Kraft, viermal hintereinander. Und er hatte mit vorgerecktem Kopf da verharrt, inmitten der Ohrfeigen; er hörte sie schallen rund um den Platz. Die Leute waren bei dem Geräusch stehengeblieben, um besser zu sehen. Auf der Stelle waren ihm die Tränen gekommen, er nahm nichts mehr wahr als den weißen Fleck des Himmels. Er war da aufgepflanzt im Zentrum des Platzes, während in seinem Schädel die Ohrfeigen hallten.

Und jetzt wiederholten sich ihm jenes Geräusch und jenes rote Schwirren, beim Vorbeigehn vor den kleinen quadratischen Fenstern, erleuchtet unten vom Boden her; als sei das jetzt jener Sommerabend, und als sei er eben jetzt geschlagen worden, und als sei die Demütigung oder was auch immer noch besser als derart verfolgt zu werden. In der Dunkelheit sah er sich weit unten, in dem anderen Tal, und die Deutschen warteten. Immer noch fiel regelmäßig der schwere kalte Regen, ohne nachzulassen.

Schon umgab ihn die Helligkeit des Kinderheims, und er fühlte auf sich die eisige Hülle seiner durchnäßten Kleider. In diesem geschlossenen, beschränkten Raum hörte er seine Zähne klappern, er mußte sich auf eine Stufe setzen, ihm drehte sich der Kopf. Man entkleidete ihn im »Salon« des Pensionats, dem einzigen gut geheizten Bereich; hautgleich klebten seine Sachen an ihm, in sich selbst geschlungen wie Aufwaschlappen. Er wollte sich verstecken, krümmte sich, schob die Hände zwischen die Beine. Die Aufseherin und die Direktorin hüllten ihn in ein großes Badetuch. Dieses war reserviert für die Kinder der Eltern, welche das besondere »Bad«-Geld bezahlt hatten. Sie hatten das Haus ohne Bad verlassen, die Summe war nie zurückgezahlt worden.

Ihre Blicke bedachten seinen Körper, und er zuckte vor Scham, die Direktorin rührte sehr leicht mit dem Finger an seine Hüfte, drehte ihn, um besser zu sehen, und sein Blick ging mit ihr mit, so wie bei der Bestrafung, wenn das Auge versucht, das Auftreffen der Schläge zu sehen und die Hand zu umgreifen, welche die Rute hält. Noch mehrere Tage danach waren auf seiner Haut karminrote und bläuliche Striemen, unten am Kreuz und auf dem Hintern. Trotz seiner gebundenen Hände war er dem Schmerz ausgewichen, die Schläge waren danebengegangen, mehrmals wurde er wieder eingefangen, er hatte wild geplärrt, und der über Fünfzehnjährige war in den Winkel verbannt worden, auf die Knie, auf einem Lineal. Schluckaufschluchzen stundenlang. Lächerlichkeit und Infamie ließen ihn schlottern bei der bloßen Erinnerung.

Zum Ausklang der Bestrafung wurde er ins Karzerloch gesteckt, er mußte ohne Essen unter seiner Decke liegen, nach und nach tröstete er sich mit jenen Gesten, welche die Größeren vorspielten und die er nicht verstanden hatte. Von sehr weit drangen die Stimmen seiner Kameraden aus dem Speiseraum zu ihm. Vor seinen Augen entstanden Landschaften, wo er niemals gewesen war, rechts von dem Saum der weißen Birkenstämme, schütter verstreut in dem kurzen Heidekraut, gleich Inseln in dem Sand, ein sanfter Hang, ein breiter Weg mit Wagenspuren, hinaufführend auf einen Hügel.

Nirgends in diesen Landschaften erschienen seine Eltern. Er hatte sie weggezaubert: von jenen Horizonten, die er in sich aufsteigen ließ, waren sie ausgesperrt; und darin bestand seine Schuld. Sehr schnell stellten sich die stummen

Zuckungen ein, er schloß die Augen und legte die Arme an den Leib, wurde er geholt, wirkte er unschuldig.

Er wurde am ganzen Körper abgerieben, ein seltsames Wohlgefühl, durchsetzt mit Scham, überkam ihn. Er wurde in trockene, steife, ihm fremde Kleider gesteckt. Sie gehörten nicht ihm, er hatte nichts zum Wechseln. Man ließ ihn Platz nehmen an dem kleinen Tisch, wo die Vorsteherin sonst ihre Gäste plazierte – die Zöglinge hörten sie reden hinter der Wand aus Kathedralglas; sie empfing jeweils nur einen, meist einen Priester, auf Kosten der Kinder, für den sie von der Köchin kleine Spezialgerichte zubereiten ließ, die durch das Refektorium getragen wurden unter dem Blick aller Zöglinge.

Es wurde ihm eine Schüssel kochheißer Milch gebracht, und aus ihrer persönlichen Dose, viereckig, bilderverziert, tat die Direktorin ihm zwei Stück Zucker hinein; die Schüler bekamen sonst nur Sacharin. So gern hätte er den Zucker gelutscht, wie Bonbons. Er würde ein bißchen warten, langsam trinken und den unförmigen, von Milch geblähten Zucker auf den Löffel nehmen.

Die Aufseherin und die Direktorin standen neben ihm und sahen ihm zu, wie er die warme Milch trank, an genau der Stelle, wo er vor kaum ein paar Tagen bestraft worden war. Inzwischen war zur Bedrückung die Angst getreten, die schwere, die ihm den Bauch zementierte, indes die Bedrückung das Rückgrat krümmte.

Noch einmal durchfuhr das Mißgefühl seinen Körper, wie ein elektrischer Schlag: das Bild seiner selbst, während der Züchtigung. Ja, genau das war seine Schuld, mehr noch als jene Angst, die ihn entrückte, in den Abstand zu ihm selber, heraus aus seinem Element. Es war ganz recht, daß man ihn aufgriff und wegschaffte.

IV

Die Kirche von Romainville, deren flache Fassade überragt wird von einem kleinen, viereckigen Turm, steht in einer weiten Mulde, deren eine Flanke ein gepflasterter Friedhof einnimmt, gespickt mit Zementplatten. Auf der anderen Flanke, von welcher sich zunächst nur das Laubwerk bemerkbar macht, ist ein öffentlicher Park. Ganz oben dort bildet ein langer, mit Bäumen, deren Äste einander durchdringen, gesäumter Steg den Kamm zum Plateau, welches weit hinten ausläuft in Busch- und Niemandsland.

Die Vorstadtgegend erstreckt sich nach Nordwesten, eingefaßt von aufrecht stehenden Wolken, malvendunkel, durchzogen von Gelb: diese befinden sich vielleicht schon überm Meer. Zur einen Seite geht der Steg über in einen Tennisplatz. Dessen halbkreisförmiges, weißes, durchscheinendes Dach zeigt sich bei Einbruch des Abends von innen beleuchtet. Derart scheint da eine lautlose

Sonne allmählich im Erdreich zu versinken. Erinnerung an Kitzeberg an der Kieler Förde, gegenüber der Brücke von Holtenau, ein schwarzer Umriß vor der sich rötenden Sonne, unter welcher die Frachtschiffe aus dem Baltikum einlaufen. Erinnerung auch an die Abende der Unruhe, wenn das Licht sich brach an der senkrechten Felswand der Aiguilles-Croches. Jahrzehnte später, und immer noch das Hungergefühl aus dem Krieg, mit den gleichen Bergzinnen da vor ihm; er hatte nur noch an Essen gedacht. Taumelig war man vor Hunger. Man legte sich in das Gras, stieß vor mit zwei Fingern, trennte die Kleeblüten von den Stengeln und ballte sie in der andern Hand. Der Mund füllte sich mit dem leichten, lauen Zeug, das nur scheinbar den Hunger stillte.

An jenem Tag hatte er sich hinsetzen müssen, so grell war das Licht erschienen, die Aiguilles-Croches drehten sich gleichsam um ihn, Herbst 1943; nicht aus dem Kopf ging ihm die längliche, braunrote Speise, an den Seiten schwarz ausgefranst von dem zu engen Herd. Die Oberfläche der Speise bestand aus einer Makkaronikruste, deren Farbe von Gelb in ein dunkles Braun spielte. Und unter diesem Gratin befand sich die zugleich kompakte und leichte Masse der Nudeln, in kleinen Flocken das Eigelb daruntergemischt.

Seit Jahren schon hatte er nicht mehr davon gegessen. Tief in sich spürte er etwas Hohles, das nicht von ihm ließ, es trieb ihn, das Mundinnere sich rundum mit Bissen von Nudeln zu füllen. Er schloß die Augen und stellte sich den weichen, dabei festen Stoff vor, mit den harten Krustenstücken dazwischen, knusprig und fein. Den Mund voll zu haben, seinen Körper konzentriert zu fühlen rund um den vollen Gaumen, nichts mehr als das zu sein, dieser mächtige und saftige Bissen, sich zu nähren, sich zu sättigen, während um ihn herum der Wind durch die Weite der Landschaft bläst.

Es war einige Tage danach, daß die Deutschen ihn suchen kamen. Am gleichen Abend noch war er, trocken und aufgewärmt, ins Versteck zu den Socquets in Les Pettoreaux geschickt worden, er hatte im Heuhäcksler geschlafen, in Reichweite der Kuhmäuler, die Deutschen kämen da nicht hin. Am nächsten Morgen hatte er sich in La Livraz verstecken müssen, und dort sollte er bleiben. Er hätte, so wurde ihm gesagt, in dem Unterschlupf zu bleiben, so lang wie möglich. Von einem Hügel aus sah er La Livraz, einen Hof am Ende einer kleinen Mulde. Ein Weg führte dahin, eine helle Rille in der grünen Fläche, eine Miniaturlandschaft eigens für ihn, so als gäbe es rundherum keine Berge.

Man hieß ihn, sich auf die Holzbank zu setzen vor dem kleinen quadratischen Fenster, das auf den Felsen ging, wo in den Ritzen das Gras wuchs. Schnell gewöhnte er sich an das Halbdunkel der Küche. Er aß gebackene Kartoffeln, mit brauner harter Kruste, dahinter das hellgelbe, süße Fleisch. Erstmals seit Jahren konnte er essen, soviel er wollte, das so oft erträumte Vergnügen an dem vollen Mund haben, im Wissen, er durfte noch mehr nehmen. Die Kartoffeln bildeten auf seinem Teller einen kleinen Haufen, zwei oder drei übereinander, daran lehnte eine vierte.

Durch die hellgrün bemalte Holzwand ging eine Klinkentür auf einen sehr langen und hellen Raum mit niedriger Decke, mit einem Boden aus Brettern von Baumlänge. Zwei Fenster. Zu beiden Seiten des Zimmers Alkoven, mit vorgezogenen Vorhängen, rot auf der einen und grün auf der anderen Seite, mit einem Faltenwurf wie bei den Gewändern auf alten Gemälden. Die Eltern schliefen hinter dem einen, die beiden Mädchen hinter dem andern.

Zwischen den beiden Fenstern ein rechteckiger Tisch mit einem Wachstuch. Bei schönem Wetter konnte man sich da auch von draußen aufstützen. Mehrere Monate lebte er dort, und während er alle Erbauungsliteratur las, bis zum Martyrium der Missionare in China, hörte er die Kühe in dem warmen dunklen Stall, von dem er bloß durch eine Holzwand und eine niedrige Tür getrennt war. Eine stille Düsternis herrschte da, man fühlte sich stark und in Sicherheit, geschützt von jenen warmen und seidigen Kruppen.

Sein Zimmer befand sich im andern Bereich des Hauses, fast schon anderswo, in einer derart entgegengesetzten Achse, daß es zu einem andern Hof zu gehören schien. Sehr lang war es; von den Holzbalken hingen Pflanzen zum Trocknen, auch Schinken. Er schlief hier in einem Bett hoch wie ein Schiff, auf einem Strohsack.

Er fühlte sich wohl in diesem Zimmer, welches gleichsam der Außenwelt abgewonnen schien, verlängert noch von einem hölzernen Flur, der Verbindung von Küche und Eingang. Wie in einer grauen Kiste fühlte man sich darin, erreichbar von seinem Zimmer durch eine überkleine Tür aus einem Stück, nur gebückt zu durchschreiten. Gegenüber befand sich die Abstellkammer: ein sonst nicht mehr benutzter Raum, wo die Sachen der verstorbenen Eltern und die ausgedienten Geräte aufbewahrt wurden, die Hochzeitskleider und -kronen, die Perlengirlanden. Das Fenster, winzig und verstellt, ließ ein Licht durch, das allein die Säume der Gegenstände hervorhob; und diese zeigten sich in einer seltsamen Starre, befangen in einer Unbeweglichkeit, die mit ihnen eins geworden war.

Bisweilen stand er reglos in diesem engen Flur, und das Haus entfaltete sich vor ihm; die Dachspreize wuchtend wie eine gewaltige Hand, und der Umriß der niedrigen dicken Mauern sich abzeichnend in seinem Innern.

Jeden Morgen erwarteten ihn Überraschungen: eine Fichte schlagen an einem Hang, den er nicht kannte; Miststreuen, Kühehüten. Er war stolz, zwischen den Feldern auf einem mit sich geschleppten Hocker zu sitzen. Die wenigen Touristen hielten ihn für einen vom Land.

Allmählich aber war in ihm wieder die Unruhe aufgekommen, leicht, ihn überfliegend, ohne Unterlaß suchte das Auge nach möglichen Schlupfwinkeln, und er beneidete die andern darum, daß sie nicht er waren. Der trübe scharfe Regen fiel wieder, der Bergregen, dicht auf dicht wie Eggenzähne, während er die Kühe hütete unter einem großen, in den Boden gepflanzten Schirm. Manchmal, wenn die Wolken auseinanderwichen, zeigte sich, dunkel, in allen Einzelheiten, ein Felssporn der Aiguilles-Croches, eine Wand mit großen finsteren Schuttstellen wie bei einem alten Haus, und schon zog der Nebel sich wieder zusammen, und die Angst stieg in ihm auf, entdeckt zu werden.

Sehr schnell hatte es zu schneien angefangen, eher ein kleines, lebhaftes Gegraupel, unaufhörlich, regelmäßig, Tag für Tag. Inmitten des formlosen, blendenden Weiß hatten sich die Gegenstände verdüstert, gleichsam allein mit ihren Farben. Die Wärme stieß vor in den

Winter, und aus dem Haus zu gehen, hinein in den tiefen Schnee, keinen Boden mehr unter sich zu spüren, das schuf bei der Rückkehr um so mehr die Empfindung von jenem warmen Würfel, in welchem man sich seltsam geborgen fühlte. Niemand würde ihn finden. Der Schnee war da wie auf Dauer, er hatte Form angenommen. Von Zeit zu Zeit tauchte am rechten Horizont ein Schifahrer auf und stoppte erstaunt. Er brauchte lange, den Hügel zu umkurven, und erschien wieder am Ende der kleine Fläche, wo der Bauernhof lag. Der Weg hob sich ab vom Schnee wie ein Strich auf einem Papier.

Er war es, der sie als erster kommen sah, auf Schiern, wie sie sich kurz abstießen mit ihren Stöcken, in einer Reihe verschwanden, nacheinander hinter der Anhöhe, wie in Zeitlupe, dann immer schärfer Gestalt annehmend. Sofort hatte er gewußt, daß es die Deutschen waren. Er ging ins Haus zurück, die Beine angststeif. Er fühlte sie unter sich, als gehörten sie nicht zu ihm.

»Die Deutschen kommen!« sagte er mit ruhiger Stimme zum Bauern, welcher dastand, zu groß für den niedrigen Raum. »Versteck dich, hinauf ins Heu!« Alles zeichnete sich klar vor ihm ab, ihm entging auch nicht das kleinste Astloch im Bettgestell. Die Dinge blieben unverändert, als ob nichts wäre. Über die schmale Leiter stieg er durch eine viereckige Luke in den Heuspeicher; hinter den dicken Brettern war dann alles verschwunden. Das Heu türmte sich auf in weichen feinen tiefgestaffelten Gebirgen, Armvoll um Armvoll. Trocken und süß stieg das Heu auf gleich einem Haarschopf. Er schloß die Klappe und legte sich hin; das Heu durfte nicht knistern. Instinktiv wußte er, was seine Anwesenheit verraten hätte, so als wäre er seit jeher schon verfolgt gewesen, so als kämen ihm mit einem Schlag alle die Listen der Angst wieder in den Sinn.

Durch die Spalten der Holzwand sah er die Deutschen hintereinander stehenbleiben, sie wendeten sich allesamt dem Bauernhof zu, er unterschied ihre Gesichter, zwischendurch drehte einer von ihnen seine Schistöcke oder nahm sie zusammen in eine Hand, um die andre in die Tasche zu stecken oder sich das Gesicht zu kratzen. Zwei von ihnen lösten sich und fuhren geradewegs auf den Hof zu. Einmal war die Spitze des einen Schis vorn, dann die des andern. Er fühlte nicht die Kälte, nur die Massigkeit der Luft rings um den Mund, wie ein rundes Rohr, an dessen Ende regelmäßig sein Herz schlug, schnell, hörbar. Die Angst stieß ihn nach vorn, zwang ihn auf alle viere, verwandelte ihn zurück in ein Tier.

Die beiden Soldaten waren im Haus verschwunden. Sie sprachen, und die Stimme des Bauern antwortete, respektvoll und deutlich, umgeben vom Schweigen der übrigen. »Butter, Eier, Käse, wir kaufen.« – »Selbstverständlich, selbstverständlich!«

Das geringste Geräusch ließ sich hören, das Messer, mit dem die Bäuerin den Käse schnitt, die Zeitung, in die sie die Eier wickelte, die kleine Tür zum Keller, wo die Butter lag: der Granitboden, der Felsen von draußen eingeschlossen ins Innere, auf den kein Licht mehr fiel, ein Stück Landschaft in einem Haus.

Er sah die zwei wieder abfahren, einen hinter dem andern, wie stolz hätte es ihn gemacht, sich mit ihnen zu unterhalten, er spürte geradezu in seinem Mund die etwas rundliche Konsistenz seiner Muttersprache, ihre Art, die Wortwinkel auszufüllen, daraufzuliegen wie ein schräges Brett auf einer Luke, was auch immer darunter wäre, würde wiederaufsteigen, die Stimmen, die Bäume.

Von dieser Stunde an war er damit beschäftigt, den Horizont auszuspähen, den nahen Punkt, wo der Weg hinter der Anhöhe verschwand. Es war nur eine Finte gewesen, sie kämen wieder, auf der Suche nach ihm, sie hatten nur einmal vorspüren wollen.

Jeden Dienstag kamen sie, einer hinter dem andern, zu fünfzehn, wovon zwei sich lösten, sooft er unter dem Dach wartete, wie bis zur Körpermitte in der Schwebe, vor Angst, mit Neid auf die Dinge, welche nicht er sein mußten, und jedesmal sprachen sie mit lauten, durch die Bretter dröhnenden Stimmen: »Keese, Putter, Aia«, und der Bauer händigte sie ihnen aus, rasch, dienstfertig. Das Zeitungspapier, das er zum Einwickeln benutzte, folgte, das war zu hören, dem ersten Handgriff, riß nicht, umwickelte ein für allemal. Und es war seinetwegen, daß die Gesten des Bauern so strikt, so eingeübt kamen. Seinetwegen setzte er sein Leben aufs Spiel. Er lag in seinem Heu und mußte beinah lachen.

Dann, eines schönen Tages, kamen sie nicht

mehr, dabei war der Winter trocken gewesen, der Himmel blau, sehr hoch, eine Kälte mit klaren, widerhallenden Geräuschen; die Finger blieben haften am Metall. Er entkleidete sich in der Küche. Er stellte sich mit nacktem Oberkörper neben den Herd und schlüpfte in sein Nachthemd, worunter er seine übrigen Sachen auszog, so als sei er ein Fremder, als gehörten sie nicht zu ihm. Die Türen wurden ihm geöffnet, und er rannte so schnell wie möglich, augenblicks erfaßt von einem so wilden Frosthauch, daß er kaum Luft bekam. Unter der Decke sank er auf der Stelle in einen solch tiefen Schlaf, daß es ihm beim Erwachen, am hellichten Tag, vorkam, er sei noch gar nicht eingeschlummert.

Der Frost war so stark, daß der kleinste Abdruck, glatt, glänzend, mit allen Einzelheiten in dem Schnee blieb, gläsern. Die Schritte schallten, knirschten, man ging dahin wie erhöht, die Füße gleichsam ohne Berührung mit der Erde.

Der Mond warf ein kreisförmiges Licht auf das Tal, darin schienen die Berge herabzusteigen, alles war sehr licht und sehr dunkel zugleich; unter den Balustraden der Bauernhäuser lastete die Nacht, finster.

Trotz der Anwesenheit der Deutschen unten im Dorf – so weit war dieses, daß man gerade nur die Richtung erahnte –, wurde er an dem folgenden Abend zu den Nachbarn gebracht; fünf schwarze Punkte, sich bewegend auf dem Schnee, einer hinter dem andern.

Drinnen in dem Haus die vereinzelten kleinen Stimmen, umschlossen von all dem riesenhaften Draußen. Freundschaftlich wurde er aufgenommen, auf einen Stuhl in der Mitte geladen, und es war, als kennte er jeden hier: sie waren auf ihm vertrauten Wegen gegangen. Es wurde die Geschichte jenes jungen Mädchens erzählt, welches an einem ähnlichen Abend auf Grund einer Wette losging, einen Stock in ein frisches Grab zu pflanzen. Sie glaubte nicht an Gespenster, sie hatte keine Angst vor den Toten. Ein, zwei, dann drei Stunden wurde auf ihre Rückkehr vom dabei nahen Friedhof gewartet. Sie wurde tot aufgefunden, vornübergestürzt, bäuchlings auf dem Stock, den sie in das frischaufgeworfene Erdreich gepflanzt hatte. Um mehr Spielraum zu haben, hatte sie sich wohl auf das Grab gekniet und dabei mit den beiden Händen den Stock zwischen ihren Kleidsaum gebohrt; und so war sie gestorben vor Entsetzen, im Glauben, der Tod zöge sie.

Gern wäre er einer von ihnen gewesen, auch er im Besitze von *sichtbaren* Geschichten, gern hätte er sich in der Gemeinschaft jenes »Erinnerst du dich?« oder »Du hast ihn ja gekannt!« gefühlt. Er, er hatte nichts zu erzählen, nichts ging von ihm aus, nichts geschah mit ihm. Vielleicht war das der Grund, daß er gesucht wurde, daß die Deutschen ihn mitnehmen wollten: nichts ging von ihm aus, er ließ keine Spur. Er war zu nichts nutze. Die Orte waren für ihn, wie für Waisen, inhaltslos. Ebenso hätte er nicht dort sein können. Niemand hätte es bemerkt.

Ein- oder zweimal waren die Deutschen wiedergekommen, und in dem Heu, über dem Wohnzimmer, schlug ihm sein Herz bis in die Lippen hinein. Vielleicht könnten die Planken ihn retten, er brauchte nur eine von ihnen zu werden, durchzogen von Adern, ausgehöhlt von der Witterung, etwas Graues, Aufrechtes, geduldig, unbeweglich: ein Möbelstück sein, rund oder eckig, massiv, unschuldig, glatt, wenn auch immer zur Verfügung, als Stütze, als Sitz. Jedesmal dieser seltsame Schauder, wenn die Wärme der Stühle ihn umschloß.

Sich wiederholendes Bild: er als gelehriges, regloses Objekt, nichts als die Gesten der anderen, eine Innenexistenz, eingeschlossen in einer warmen Sanftheit. Als Umkleidung der Eisenbahn-Bremskabel reiste er, völlig in Sicherheit, durch die stillen Landschaften, länglicher Holzwürfel an der Rückwand der Waggons, das Dach überragend, und so sähe er die Gegend an sich vorbeiziehen: nichts sonst wäre er als jenes Gehäuse, außen braun gestrichen, vergilbt im Innern, eine kleine vertikale Masse, reglos inmitten des Dahinrollens. Nichts hätte ihm zustoßen können, Vertrauen hätte er ausgestrahlt, der Zug hätte sich seinen Weg durch die Menge gebahnt, und er, ganz zuhinterst, hätte seine horizontale Kurbel gedreht, um die Bremse anzuziehen.

In einem fort traf sein Blick auf neue Zwischenräume, Lücken, Hohlstellen, wo er hätte hineinschlüpfen können. Er brauchte bloß mit ihnen zusammenzupassen und wäre, bei den Wänden und Mauern dort, in Sicherheit, zwischen zwei Steinen, lebenslang so reduziert, in einem winzigen, unsichtbaren Zimmer, hätte er gelebt wie in dem Ohr des Pferdes.

Er fand vergilbte Heftstapel der *Missionare von Notre-Dame de la Sallette* und vom *Pilger.* Die Stapel waren ein wenig gebauscht, mit Höhlen, mit Schwellungen, nahm man eines der Hefte, so wiederholte das darunter seine Form.

Er las die frommen Anekdoten und sah sich die grünen und nackten Flanken des Sallette-Gebirges hinaufklettern, einige der Berge hatten die Gestalt eines Dachs, grasbedeckt, ohne einen einzigen Baum, auf einem ragte ganz oben die Kirche empor, wie bestimmt für einen anderen Ort.

Manchmal waren es auch Erzählungen von China oder Afrika, Geschichten vom Foltertod der Missionare, sehr weit weg. Wenn er las, empfand er Scham, gesehen zu werden, mitsamt all dem Körper um sich, der seinen Platz einnahm. Jene Missionare, die man wegen ihres Glaubens marterte, und allein bei deren Vorstellung ihn der Ekel schüttelte, er sah sie nackt, knochig, weiß, feucht, mit einem langen Bart, der ihnen das Gesicht »auffraß«, und er bebte vor Grausen.

Dann plötzlich, beim Blättern, hatte er ganz andere Bilder erspäht. Sie nahmen eine halbe Seite ein, Kupferstiche. Er fand sie sofort wieder, mit angehaltenem Atem. Es waren gemarterte Kinder: der heilige Dominik von Murcia, im Alter von zwölf Jahren von den Mohammedanern an eine Kirchentür genagelt; der heilige Donatius, mit dreizehn gegeißelt und den Löwen vorgeworfen; und der heilige Cyrill, der vor allem, der mit fünfzehn nach einer langen Tortur unter dem Gelächter des vollen Kolosseums einem Stier überlassen worden war.

Von einem Schwindel gepackt, schloß er die Augen, er war es, den man derart dem Martyrium auslieferte. Er phantasierte sich nackt, in den Händen der Henker, die vielleicht berührt waren von solch einer Weiße. Um ihn herum, allseits, die Menge, Reihen um Reihen von Gesichtern, die hinunterzielten auf ihn. Und sie alle sähen ihn, beschauten sein Martyrium, und er wäre nackt.

Ein längst vergessener Schauder flammte auf in seinem Körper, dauerte in der allgegenwärtigen Bedrohung freilich nur einen Augenblick. Er wußte nun, wessen er schuldig war. Seit er sich auf dem Bauernhof befand, hatte er jede Berührung mit dem eigenen Körper vermieden, so als sei das der Grund, weswegen er gesucht wurde; vielleicht, vergäße er nur seinen Leib, fänden die Deutschen ihn nicht.

Nie wieder ließe er in sich jene immer bereiten Bilder zu, mag sein, das würde ihm das Leben retten. Er trug Schuld an seinen Phantasien, abends vor dem Einschlafen in dem Kinderheim: er nackt, und die andern als Zuschauer seiner Züchtigung. Diese erregte ihn, seine Finger schlossen sich um seinen Körper.

V

Verläßt man Paris Richtung Osten, hat man die seltsame Empfindung, höher zu sein als im Innern der Stadt. An der Porte des Lilas, in Bagnolet oder Noisy-le-Sec greift der Wind weiter aus. Mit der Entfernung wird der Himmel zwischen den Gebäuden höher und höher. Hinter den Wohnblöcken und den Einfamilienhäusern bildet der Horizont einen grauvioletten, immergleichen Streifen, durchschossen von den Neubauten im Vordergrund.

Wendet man sich zurück, zeigt sich Paris: bläulich unter einem gewaltigen Himmel, und von der Seite blaut es, dunkler und dunkler von hintereinander gestaffelten Hügelvorsprüngen, dazwischen große Häuserbuchten, gekreuzt von Straßen. Der Osten erscheint als ein mächtiges Vorgebirge, vor dessen Füßen sich sozusagen das Meer erstreckt. In der äußersten Ferne zeichnet die Sonne eine klare, leicht grüne Linie, in der noch Bauwerke gleißen, dann verliert die Weite sich im Dunkeln. Tief unter dem Plateau blinkt unversehens ein einzelnes Haus auf, da herausgehoben von der Sonne aus einem düsteren Hintergrund, unter den Wolken.

Ein Park mit noch jungen Bäumen ist errichtet worden auf dem folgenden Plateauvorsprung, mit Alleen, deren Kehren hangab verschwinden und zwischen Wiesen geradewegs wieder auftauchen. Ganz auf der Höhe, gesäumt von Linden, geht der Weg, der die ganze große Gegend beherrscht, wie hoch am Rand einer Stadt, die sich erstreckt hangaufwärts zu einem Plateau.

Geht man jenseits wieder hinab – der Park bildet gleichsam ein Kap –, kommt man an einem Buschwerk vorbei, am unteren Rand einer Rasenfläche, und da tauchen jetzt plötzlich, aus dem Gras, zwischen den Winden, allen möglichen Stengeln, die Jugendlichen mit den schweren Händen auf. Ihre Fahrräder liegen im Gras, blinken in der Sonne. Sie spielen da an den Sommernachmittagen, wenn der Park leer ist. Sie gehen zu zweit oder zu dritt, einmal weit auseinander, einmal näher zusammen, je nach den Bewegungen des Kindes, das sie zwischen sich schleppen, es hat keinen Boden unter den Füßen, es kennt sich selber nicht mehr. Jäh besänftigt von der Erwartung, läßt es sich in die Büsche schleppen, wo sie allmählich verschwinden, umschlossen vom Grün. Vielleicht zwängen sie es zu Boden, wie man es mit ihm getan hatte.

In der Ferne rumpelte der Zug, ein gelber und violetter Streifen, welcher verschwand zwischen den Häusern und wieder sichtbar wurde, langsam, wie stockend, mit einem dumpfen Klopfen auf den Gleisen.

Und er, er hatte überlebt. Gegönnt gewesen war ihm der wunderbare Sommer von 1945, erfüllt von Farben und Ausflügen. Begeistert von der Märchenhaftigkeit des Existierens, von einem Erstaunen ins andere fallend, atmete er aus allerweitester Brust. Und bei einer dieser Wanderungen war's gewesen, daß sie ihn aussuchten. Da es sich bei ihnen allen bereits um »Große« handelte, waren sie auf Exkursion geschickt worden bloß zu viert, wobei einer aufzupassen hätte auf den andern. Während sie aufstiegen, schwenkte zwischen ihnen der Kübel mit dem Kartoffelsalat. Sie hatten gegessen auf dem Gipfel des Jaillet, und plötzlich umringten sie ihn, in der reglosen, senkrechten Hitze. Auf seiner Haut hatte er den kleinsten Zweig gespürt, das Muster der Wurzeln: zusammengekrümmt, und wie jedesmal verwundert, daß seine Knie dem Gesicht so nah kommen konnten. Ihre Bewegungen waren ungeschickt gewesen, übereilt. Überraschende Weiße ihrer Leiber im Waldschatten. Seine Kleider hatte er wiedergefunden an den untersten Ästen der Bäume, oder auf den hohen Kornblumen, gebeugt unter dem Gewicht; wie im Widerspruch zur Weite des Gebirges.

In der Ferne, an den baumlosen Stellen des Hangs, hatte er sie wieder hinuntergehen sehen, in einer jähen Kehre. Der Weg trat aus der gleichförmigen Masse des Waldes in einer Folge von Kurven klar hervor und verschwand sofort wieder, Krümmung, die kurz aus dem Hang vorsprang.

Sie hatten ihm sogar die Bergschuhe ausgezogen und sie in ein Erdloch versteckt, das von einer im Sturm entwurzelten Fichte stammte, ein Kreis waagrecht überwachsen von Gras. Die zwei Schuhe waren in die braunerdige und weiche Höhle geworfen worden, mit den Sohlen nach oben, dunkel, fast schwarz, glatt und rissig zugleich, abgestumpfte Nägel standen vor, hell abgewetzt, mit winzigen Rostabsonderungen, welche das Leder färbten.

Sie waren ihm schon so weit voraus, daß er sie am Eingang des Gegenhangs sah, welcher durch Wiesen zu dem Heim führte, indes er sich noch hier auf der Flanke befand. Während er rannte, entging ihm nichts; vor sich erfaßte er den ganzen Weg bis zum Kinderheim, wo die drei andern fast schon angekommen waren, beständiges Erstaunen im Gebirge: wie kam es, daß mit einem einzigen Blick eine Strecke zurückgelegt wurde, für die die Beine so lange brauchten? Sie wären bereits bei der Mahlzeit, wenn er gerade erst die Talsohle erreicht hätte.

Plötzlich, in dem Nachmittagslicht, war ihm ein Buch in den Sinn gekommen, welches seine Eltern ihm, bei dem Abschied für immer, in die Weidenkiste gesteckt hatten. Es war ein Buch mit grellblauem Umschlag, und es hieß: *Die Schweizer Robinsone,* Kinder, verloren im Eis, verloren geglaubt, die aber schließlich, an einem Spätnachmittag, die Almwiesen erreichen. Trotz ihrer Eile, zurückzukehren in die Menschenwelt, setzen sie sich da nieder, und augenblicklich entfaltet zu ihren Füßen sich das ganze Tal. Lange bleiben sie, in Betrachtung des zarten, in der Sonne flimmernden Grüns der Hänge ringsum, ein Grünglanz, so stark, unter dem blauen Himmel, daß kein Wort mehr fällt.

Alle die Sonnenuntergänge überlagern sich in der Erinnerung, das Gelb des Himmels durchkreuzt von den Obstbaumzweigen, und das dichte Gras, aus dessen Tiefe schon das Violett der Nacht aufsteigt. Als auch er mitten auf dem Hang zum Kinderheim war, wendete er sich um, zur ganzen zurückgelegten Strecke, ebenso wie er zuvor dahin vorausgeblickt hatte.

Aus der Ferne erkannte er den Ort wieder, die Fichtenspitzen markierten da eine kaum wahrnehmbare Senke. Indem er sich aufrichtete, sah er das Blinken eines Fensters und auf dem Balkon, sehr klar, die Silhouette der Direktorin.

Wegen seiner Verspätung bekam er die Rute, in den Waschräumen, bei gebundenen Händen. Nicht die Direktorin führte die Strafe aus, sondern der Aufseher. Der, an die Tür gelehnt, hatte dann Gehorsam und Gefügigkeit verlangt, und der Bestrafte, noch nackt und die Augen trüb von Tränen, spürte seine Haare knistern unter den Fingern des Aufsehers. Ein seltsamer Friede zog in ihn ein. Er sah in sich ein grünes Tal, besonnt, mit gewölbten Hängen, ein Zweiradkarren fuhr auf einer Straße. Auf dem Karren saß er selbst, hob und senkte den gerundeten Schutz, bewunderte die Art, wie er hineinpaßte. Er hörte das Knirschen der Räder auf dem sandbedeckten Pflaster, das Quietschen der Naben, den Bremsgriff, der von Zeit zu Zeit sich um sich selber drehte, das Klacken der Holzpantoffel und das Gebimmel des Halfterglöckchens. Beim Blick in die Fahrtrichtung zeigte sich in Augenhöhe die Masse des Pferdes, mit der gewaltigen, bewegten, vertrauten Kruppe, überragt von dem Kopf, weit voran, darüber die zwei aufgerichteten Ohren.

Das war es, was seine Schuld ausmachte: seine Willigkeit. Ein Zeichen genügte, und schon ging er dem Burschen voran bis zum Speicher, barfuß, um nicht gehört zu werden, er war es, der den Weg sicherte, sogar Wache stand. Und es war diese Landschaft, welche er sah, während der Bursche ihn bog, und der gleiche Friede erfüllte ihn in der weiten schrägen Höhlung des Speichers. Der Wind fing sich in dem Wellblech, mit dem Schall von Laubwäldern, von Meeren. Am Abend, vor dem Einschlafen, lauschte er dem Klagesausen des Föhns, er kam vom Süden, aus Italien, von den dreieckigen Berggipfeln, blies seit dem Morgen, und ging weiter nordwärts, in finstere Ebenen, weiße Straßen in Landschaften, durchzogen von geraden Linien niedriger Häuser.

Beim Rückweg nach Paris, an einer Fassade, die verputzt wurde, betätigte sich der Arbeiter auf seinem Schild, von Zeit zu Zeit innehaltend, um das Schwanken auszugleichen: indem er dastand auf dem Metallrund, zwischen zwei Tauen, bewegte er sich anhand zweier zugleich in die Gegenrichtung gedrehter Kurbeln hinauf oder hinunter: Er ging ganz frei mit sich um, dort zwischen Dach und Straße, beschleunigte sich, wurde langsamer, er war's, der über sich bestimmte, ob er nun dahing, ausgesetzt dem Blick der Passanten, auf halber

Höhe, oder ob er herabglitt zur Erde. Er verfügte über sich nach Belieben, den Körper jetzt zur einen, jetzt zur andern Seite geneigt, einmal mit einem Handgriff geradeaus, dann wieder geknickt, sich abmühend, mühselig sich dahinbewegend.

Und im Sommer davor, im Park der Tuileries, die Staubwolkenwirbel in dem weiten Zwischenraum der Bäume, von einem Horizont zum andern. Auf der einen Seite farbige Gerüste, überragt von dreieckigen Giebeln, weiß-blau-rot geschmückt. Auf einer Estrade drängten sich Kinder, hintereinander, die Körper von einer Steifheit und die Gesten von jener Langsamkeit, wie sie wartenden Kindern eigen sind. Am Ende der Reihe dreht ein Gendarm das Kind um, mit dem Gesicht hin zur Menge, und legt ihm Gurte an, die ihm die Schenkel einschnüren und sich über der Brust kreuzen. Man läßt die Kinder in eine Art Käfig treten, der leicht ansteigt, und dann läßt man sie, so angeschnürt, ein verchromtes Rohr hinabsausen. Eins nach dem andern plumpsen sie in eine Schaumgummimatratze, wovon sie dann weglaufen, mit einem Lächeln, als fühlten sie sich fehl am Platz.

Er hatte ihnen lange zugeschaut, konnte sich von dem Schauspiel nicht losreißen: gleich, und gleich würde man ihn aufrufen, wie in der Jugend, als ihm die Hände gefesselt worden waren, um ihn zu bestrafen und gefügig zu machen; oft hatte er sich da so gesehen: umschlossen von Lederriemen, Füße zusammengeschnürt mit den Händen, *»er sah sich umschlossen von Gurten, die einen in Spiralen um seine nackten Beine, andere gekreuzt über seiner Brust, besetzt mit Makronen, Lederschildchen; zwei davon, im Zentrum seiner Vorstellung, führten durch zwischen seinen Schenkeln, die Leisten hinauf. Aufs äußerste gespannt, aus einem glänzenden Leder, verschafften ihm diese beiden Gurten, zusammen mit einem Gefühl von Kraft, das seiner ihm eigenen Sanftheit. Indem er an den Schnallen zog, auf Hüfthöhe, schnürte er sich immer mehr zusammen und regelte mit ein wenig Schmerz die in ihm zunehmende Stärke, eine Stärke, welche nun an einen Punkt gelangte, wo sie jeden Augenblick ausbrechen könnte in einer Art von Schluchzen.«**

Bei der Rückkehr hatte er diese Sätze eines andern wieder gelesen, nach dem Schauspiel

* Pierre Gascar, *Le Fugitif*, Gallimard, 1961.

mit den eingeschnürten Kindern, sofort fand er die Stelle wieder, so wie es immer geht mit den Passagen, die gleichsam eigens für einen selbst geschrieben sind. Seine Verwirrung war gewaltig gewesen, so als wäre jener andre, den er nicht kannte, den er nie gesehen hatte, er selbst und wüßte alles von ihm. Sein Gehetztsein damals in der Gebirgssonne, auf den weithin sich wölbenden grünen Hängen, im schon brechenden Licht des Nachmittags; er unterwegs mit den Milchflaschen, nach denen er geschickt worden war. Er betrat die niedrigen Höfe, wo allein der lange Holztisch am kleinen Fenster eine helle Fläche darstellte. Er setzte sich auf die Bank, denn es kam vor, daß eine Bäuerin ihm eine Schale Milch kredenzte. Die paar Briefe am Kopfende des Tisches, oder ein Tintenfaß, oder ein Bleistift mit einem Gummi, ein Erbauungsbuch mit glattem Einband waren das einzige, das an die ferne Stadtwelt erinnerte. Die Sicherheit dieser sanften Fläche, dieses hellen Winkels: da hätte man leben sollen, um sich das dunkle Gehäuse des Bauernhofs. Er sah sich mit einem Buch, wie er Bilder anschaute. Zur einen Hand das Rumoren aus dem Stall und zur andern, hinter dem dicken Mauerwerk, der Sturm, das weiße Fauchen des Schnees.

Im Trinken näherte er das Gesicht mehr und mehr der Schale; vor den Augen erstreckte sich ein Milchsee, dessen runder Saum zu enden schien in einer weißschattigen Krümmung. Sein Gesicht war umhüllt von der Wärme der Milch, welche ihm die beiden Seiten des Schädels einfaßte, und momentlang sah er sich wieder mit den gefesselten Händen nach der Züchtigung, das Gesicht umhüllt von Sanftheit, wobei spürbar in ihm jene Stärke sich ausbreitete, dabei, »auszubrechen in einer Art von Schluchzen«.

Die Bäuerin sah ihm beim Trinken zu; sie wußten nichts voneinander: sie wußte nicht, daß man bei seiner Heimkehr ihn züchtigen würde, denn er war überrascht worden. Der ganze Tag war in dieser Erwartung vergangen, welche alle Gegenstände verformte, all seine Gesten umhüllte. Zugleich war er wie üblich zuvor nach der Milch geschickt worden, und er hatte die Flaschen aneinandergeschichtet, aufrecht in den Rucksack. Ab der dritten war's nicht mehr nötig, diesen offenzuhalten. Die Flaschen fanden ihren Platz. Er kannte die Gesten. Er machte sich nützlich. Darum wurde er nicht weniger gezüchtigt.

Er schulterte den Sack, und bereits auf dem Weg hatte ein Stolz ihn gepackt, da, vor dem ganzen Tal, das sich unter ihm entfaltete. Er war der einzige, der wußte, was ihn erwartete, die Scham, die zusammengepreßten Lippen, sein unwillkürliches Umsichtreten, die Tränen, die am Ende unvermeidlichen, bei all diesen Beinen ringsum, in einigem Abstand, jenes Flehen, das er schließlich aus sich herauskommen hörte zugleich mit den andern. Dann am Abend, im Schlafsaal, wäre er voll von Glück, endlich in Sicherheit, vor seinen Augen die Nächte der Zukunft, Sommernächte an den Säumen von Hecken, wo auf der Straße Schritte hallten, Nächte so hoch und klar. Ein ganzes Leben tat sich auf. Er war einverstanden mit allem, denn nichts konnte ihm mehr geschehen.

Die Augenblicke durchdrangen einander, wie ein Haufen vergleichbarer Negative. In einer Wut, die ihm die Brust zuschnürte, war er an jenem Tag die Milch holen gegangen zu einem Hof weit jenseits der üblichen. Wie um sich an sich selber zu rächen für die Ungerechtigkeit, die er erdulden sollte, war er über die ersten Wiesen gerast, auf den von den Kühen da eingetretenen Grasstufen, Augen für nichts als jene Fahlmähnigkeit des hohen Berggrases und dann die Steinchen in den winzigen Schründen des Pfads. Danach, bei den Bäumen, die graue und braune Hitze, die senkrechten Stämme, einer neben dem andern, wie Fabrikschlote, aus denen, sonnenweiß vor dem finsteren Hintergrund, kleine waagrechte Stengel wuchsen, im Vorbeigehn von ihm abgerissen.

Oben auf dem Berg, wo der Blick mit einem Mal bis zu dem blitzenden stillen Gipfel des Mont Blanc gegangen war, fiel er fast zu Boden, und erst langsam ließ das schrille, unkontrollierbare Keuchen von ihm, und er kam wieder zu sich. Alle die Täler, alle die Hänge, alle die Gletscher zeigten sich zugleich, während er um Atem rang.

Bei der Alm, ein wenig weiter unten, hatte man ihm sechs Liter auf einen Schlag verkauft, sonst brauchte er dafür mehrere Bauernhöfe. In jeder der Flaschen erschien die Milch in anderer Färbung, von Bläulich über ein Flaschengrün zum Dunkelgrün.

Die Bäuerin hatte ihm beim Aufladen des Rucksacks geholfen. Sie faßte ihn unter, unmittelbar neben ihm, ihr geblümtes Kleid, eine Unzahl kleiner weißer Blüten auf dunkelblauem Grund, ihr sich dehnender Körper. Wie dicht sie bei ihm stand, vielleicht stand sie deshalb so dicht bei ihm, damit er, fast ohne sich zu bewegen, ihre Haut unter dem Kleid spüren könnte; sie hielt ihn für den jungen Mann, der er nicht war. Er erschauderte, als ob ihr Atmen durch alle Teile seines Körpers ginge: freudige, starke Empfindung.

Er wandte sich ab, zusammengekrümmt, wie unter seiner Last, sie sollte nicht sehen, wie sehr sie ihn durcheinanderbrachte. Sie wußte nicht, daß er am Vorabend, aufgrund jener Verfehlung, die er so oft beging, wieder einmal gezüchtigt würde, bäuchlings an einen Stuhl gebunden, die Kleider unten an den Knöcheln, zusammengeknäult, und daß er trotz seiner siebzehn Jahre weinen würde, wobei zugleich seine Unterwürfigkeit vollkommen wäre.

Mit dem Abstellen des gefüllten Rucksacks dort auf dem Küchentisch würde er nicht einmal abwarten, daß man ihn riefe und vielleicht laufenließe, sondern ginge in den Wald am

Steilhang unten neben dem Kinderheim. So abschüssig war es dort, daß man sich mit den Schuhen abkanten und sich von einem Ast zum andern hangeln mußte. Nach ein paar Schritten dann das Gefühl von Tiefe und Dunkelheit. Vor Blicken geschützt, konnte er auswählen, er zog das Astwerk der Haselbüsche an sich heran, und diese feine fächerartige Berührung brachte ihn zum Zusammenzucken, zum Zittern. Er nahm die Zweige mit zwei Fingern, mit einer sicheren, geübten Geste. Auf der Stelle unterschied er jene, die sich leicht brechen ließen, von dem Sommerwuchs, der, zu grün und zart, dabei nur zerschliß. Er wurde kurzatmig, das Herz schlug ihm, er war Begleiter seiner selbst. Er bemaß die geforderte Länge des Zweigs, dessen Schlankheit, er paßte auf, daß dieser zugleich peitschte und sich anschmiegte, ohne zu brechen, oder jedenfalls erst nach einem guten Dutzend von Schlägen. Er sammelte jedesmal noch zusätzliche Ruten, möglichst gerade und feste, er entblätterte sie sorgfältig. Den Vorzug gab er Ruten, die sich an ihrem Ende gabelten, denn sie schmerzten heftiger. Er war ein anderer: fachmännisch, streng. Er wählte die festesten und zugleich biegsamsten aus, um sich weinen zu sehen, flehen, alle Versprechungen abgeben, die von ihm verlangt wurden, um sich winden zu sehen, zusammenzucken und plärren ohne Unterlaß, ruchlos einverstanden, sich preisgebend, so wie ihm geboten wurde. Einmal mehr flehte er, daß man ihm doch die Hände binde, und rechtfertigte gerade so seine Bestrafung.

Nichts von der ihn umgebenden Welt entging ihm. Alle die nächtlichen Ebenen, in die er geglaubt hatte seinen Vater verschwinden zu sehen, jenseits der kaum den Horizont überragenden Dörfer, breiteten sich aus rund um den gekachelten Raum, worin er gezüchtigt wurde – oft vollzog der Aufseher die Strafe in dem großen Waschsaal, wo die Zöglinge »sich säuberten«.

Es war wie bei abgefallenen Blättern auf dem Asphalt, die ihren feuchten Abdruck auf der helleren Fläche ließen. Sein Rückgrat krümmte sich in Erwartung des ersten Schlags. Dann hob der Aufseher den Arm, ohne ihn wieder fallenzulassen, und der Sommer drückte von außen gegen das Fenster. Nie hatte er sich selber mit einer größeren Schärfe erlebt als in jener unnachgiebigen Leere, und mit jener Gewißheit: Er hatte überlebt, er war am Leben!

Angespannt würde er warten, schreien erst möglichst spät. Am Abend dann, die Kissenrolle untergeschoben, den Kopf auf der Matratze, befände er sich in dem gleichen Krampf der Erwartung, ausgeliefert, schuldhaft, erregt, sich erregend, und über sich hörte er die Stimme des Aufsehers.

VI

Um an jenem Sommertag des Jahres 1949 in Hamburg das Schiff nach Cuxhaven zu nehmen, hatten sie den Vorortzug bestiegen. Ab Tiefstack zogen die Gleise eine weite Kurve, welche das Auge ganz ausmessen konnte, inmitten der Trümmer, bis hin zum nächsten Bahnhof, sich erhebend auf freiem Feld, es war wie ein Tunnel im Freien. Und unversehens kehrte die Stadt wieder, mit Einschnitten eines großen Himmels, in dem hinten sich die Türme abzeichneten, hellfarbiger als jene, die ihnen vorausgingen. Viereckige Terrains, Höfe folgten aufeinander, überwuchert von Gras, mit Reifenstapeln, oder durchquert von Betonpisten. Er wurde zum Strandbad gebracht; in seinem Innern ein Quaderschrank, mit ihm rundherum. Unter ihm standen seine Beine, das Restliche übereinandergestapelt: das war er.

All diese stoffumhüllten Körper hielten sich fest an den Griffen und wußten nicht, wie sie erschienen, jedermanns Blicken ausgesetzt, geradeso wie er, absurd übereinandergestapelt.

Zwischen Stadthausbrücke und Landungsbrücken; der große Quai, wo die Schiffe nach Cuxhaven ausliefen; die U-Bahn, gelbschwarz, verkehrte oberirdisch: man hatte diese gewaltigen Stahlbögen vernietet und verschweißt, damit müßige Reisende in Sicherheit dahinrollen könnten. Ingenieure und Arbeiter hatten sich abgerackert, monatelang, Eßnäpfe waren gewärmt worden, aneinandergedrängt, blaue, weiße, gepunktete, der Deckel wiederholte exakt die Topfform. Sie waren ins Wasser gesetzt worden, hinein in die großen Eisenkessel, unter denen ein Holzfeuer brannte, draußen dort auf der Baustelle. Manchmal klapperten sie in dem siedenden Wasser. Von Zeit zu Zeit prüfte ein Arbeiter den Wasserstand oder fachte das Feuer frisch an. Während man Zementsäcke oder Bretter schleppte, Balken abstützte oder Nägel einschlug, äugte man von weitem zum Henkel oder Deckel des höchsteigenen Napfes, und in einem Augenblick kehrte alles wieder, das ganze bis jetzt gelebte Leben, und wie es so weiterginge mit seinen versäumten Gelegenheiten – der Blick blieb an den Einzelheiten, an den Sonnenpunkten auf der Mauer, bei den Farben der Gärten in der großen Ferne, um nicht die Hoffnung zu verlieren. In jedem stiegen Bilder auf: Frauen, Küchen, Stimmen, Mahlzeiten auf offener Straße, welche wärmten. Monate, vielleicht Jahre hatte es gedauert, damit er, müßig, unbeschäftigt, da promenieren konnte.

Die U-Bahn war mit einem Mal ins Freie gestoßen, inmitten der Schiffsmasten, sehr hoch über den Quais, und oberhalb von vorspringenden Bauten, schiffsbughaften, umströmt von Wasser, dunkel zur einen Seite, hell auf der andern. Die da lagernden Schiffe begannen tiefer unten als die U-Bahn und endeten über ihr, weiß, von Fenstern durchschossen, glatt wie die Wand eines Badezimmers.

Jenseits der ruhigen, dick- und dunkelgrünen Wasserfläche ragten die Gerüste und die Brücken der Werften auf, schiefe Portale, welche Haltetaue und Kräne einfaßten. Auf der Landebrücke fuhr jäh der Wind durch die Beine, und er wandte sich um, in Angst, erkannt zu werden.

Man betrat das Schiff wie ein Haus: der Plafond aus lackierten Planken, weiße Fenster mit Kreuzen. Zum gleichmäßigen, tiefen Röhren der Maschinen fuhr man an Dampfern vorbei mit weißen Stegen am Rumpf. Dann dehnten sich die Ufer wieder, bis zum Horizont, punktiert mit Bäumen am Rand einer Landstraße, so weit weg, daß die Stämme unsichtbar waren, und jenseits erstreckte sich vielleicht schon das offene Meer?

Gleich beim Einsteigen hatte er die jungen Mädchen bemerkt, guter Dinge, fröhlich, selbstsicher, in Röcken und Blusen, alle so ähnlich, als seien sie aus zwei übereinandergefügten Teilen gemacht. Eine von ihnen hatte den Kopf nach ihm gewendet, wie sie dastand zwischen den Holzbänken, die, Rücken an Rücken, das gesamte Heck einnahmen. Momentlang zögerte er auf der Treppe.

Oben auf dem Deck erfaßte ihn plötzlich der Wind in der Körpermitte, er kam in Stößen, welche das Gesicht ansprangen, es einschlossen; er hielt sein Profil in das Gebläse, ließ sich davon diesen und jenen Teil des Gesichts zeichnen. Beim Schließen der Augen war es, als fände er den Föhnwind der Jugend wieder, dessen Ton, gekommen von sehr weit, von unbekannten Gegenden, blaugezackten Berghorizonten, durch den Schlafsaal schallte, in dem man sich oben in den Lüften fühlte, von Landschaft zu Landschaft getragen. Es war eine unaufhörlich wiederholte Klage. Man widersetzte sich dem Schlaf, um zuzuhören.

Von Zeit zu Zeit zeigte sich im Abstand ein Schiff, das elbeaufwärts fuhr, ein bläulicher Auswuchs auf der Wasserlinie. Wie er vorn am Bug stand, war es, als sei er es, der steuerte. Er hatte Macht über den ganzen Horizont, beide Ufer zugleich gehörten ihm. Für Augenblicke stützten sich andere Passagiere an die Reling, neben ihm. Und er sah zwei, drei Mädchen sich nähern, wie sie ganz um diesen Deckteil herumgingen, wo die Bänke im Freien standen. Sofort erkannte er sie wieder: oben hell, dunkel unten. Mit einem einzigen Blick hatten sie an ihm das gesehen, was er war. Sie hatten, er war sich gewiß, mit seinen hängenden Schultern seine Weichlichkeit und Schlappheit durchschaut, so als ernährte sich diese und jene unter ihnen von der Schwäche und der Verschrobenheit manch junger Leute.

Das Vorschiff war niedriger als das Deck, zwei kleine Leitern führten hinab zu Backbord und zu Steuerbord. Darüber kleine braune Türen, die reglos verharrten: ein senkrechtes Brett, witterungssicher lackiert, in das ein kleines Viereck geschnitten war, ruhte da in sich selbst und diente zu nichts sonst. Man stieß das Brett auf und war woanders. Es genügte dieses Objekt, mit zwei entsprechenden Griffen, und es entstanden zwei Welten.

Als zuweilen groteske Reihe, paarweise, konnten sie auch den Blick des andern abhalten. Wie oft hatte jene Angst ihm doch den Rücken gehöhlt: der Riegel wäre nicht vorgeschoben, die Tür vielleicht nur angelehnt. Er, er wußte, warum der Jugendliche von sechzehn Jahren die alte Frau getötet hatte, warum er sich auf sie geworfen hatte, als sie ihn in seinem Zimmer überraschte.

Die Elbe war inzwischen so breit, daß man nur noch eines ihrer Ufer sah. Der ganze Horizont war erfüllt von einem grauen Dunst, von dem es hinaufschimmerte in den gelben Himmel. Eins nach dem andern, klarer und klarer, eintauchend schon in die Horizontkrümmung, fuhren die Schiffe, so weit weg, daß in der Brust der Atem stockte; einige zeigten sich von vorn, mit bauchigen Flanken, die überragt wurden von weißen Aufbauten, während bei anderen der weiße Rauchschopf kaum die Horizontlinie überstieg.

Sein Körper zog sich zusammen bei der Vorstellung des zu erlebenden Abenteuers: die wunderbare stille Passage dieser Schiffe vom anderen Ende der Welt, und deren Tauwerk, die Masten, die Wände, was auch immer vor ihm vorbeizöge, und vor allem deren Menschen, die, an die Reling gelehnt, Landschaft um Landschaft auftauchen sahen in langen Monaten des Unterwegsseins.

Er stellte sich ganz vorn an den Bug, an die Spitze des steindicken Metalldreiecks dort.

Hinter ihm schlugen die zwei Türen gleichzeitig an die Reling, links und rechts, wie identisch, ihre absurden parallelen Fenster zum Meer hin gewendet. Die Mädchen kamen lachend die Treppen herunter, eine hinter der andern. Die Rockfalten, die Beine, die Blusen, die Gesichter: all das zeigte sich einzeln und zugleich miteinander. Kein Zweifel, es war Absicht: sie kamen auf das Vorschiff nur seinetwegen. Sie lehnten sich neben ihn und schauten umher, als sei er gar nicht vorhanden, andere blieben in seinem Rücken und taten, als blickten sie über das Hindernis hinweg.

Er versuchte, die Wasserlinie zu fixieren, den Zauber zu wiederholen, er brauchte sich nur zu konzentrieren, aber sie schnürten ihn ein, und eine von ihnen, geschubst von den andern, indem sie zum Schein das Gleichgewicht verlor, stieß mit dem Arm vor in seinen Bereich, griff gleich neben dem seinen an die Reling. Gelächter brach aus, kurzes, schrilles, abgehacktes, ging von einer zur andern, so als seien sie alle eingeweiht.

Er verlor den Boden unter den Füßen, trieb hoch über sich selbst, vor und zurück wie ein Ballon an seiner Schnur, Falten schnitten sich in das dicke rötliche Ding, wenn es eine Mauer streifte oder ein Dachsims. Er bewegte sich über der ganzen Stadt, lächerlich, platzverdrängend. An die Reling zurückgekehrt, fühlte er das Gewand von ihm abstehen, wie hartgefroren, eine Kruste, welche genau seine Gestalt nachahmte und die allein nun das Meer anschaute.

Um ihn herum bildeten die Mädchen einen undurchdringlichen Kreis, sie hatten ihn erkannt, es waren die einst vom Heim, die wußten, wie er gezüchtigt wurde: »*Sie kennen alles, dachte er, den Mann, den Ort, woher ich komme: es muß etwas Anormales in meinem Gesicht sein, und deswegen lachen sie über mich.*«*

Der Fußtritt zuckte wie gegen seinen Willen, er ging aus von seinem Bein da vor sich, nicht er war's, der ihn austeilte, die Bewegung kam von selbst aus ihm; dann andere Fußtritte, dumpfe Laute und Schreie: »Der ist verrückt!«

Mit den Fäusten bahnte er sich den Weg, eine gerade Passage, in die hinein er davonging, beidseits in der senkrechten weißen Wand die Treppen, Stufe um Stufe, eine jede in der Mitte mit abgenutztem Metall, weichglänzend, das nach rechts und links mählich stumpfer wurde.

Auf und *Zu,* diese Wörter waren lesbar, erhaben auf geriffeltem Grund. Die Wände waren dick weiß bemalt, Schicht um Schicht, mit Tröpfchen hier und dort, harten, glatten; die Finger konnten drüberstreichen. Das Fenster ließ sich zum Luften kaum öffnen, eine Metallstange war in der Mitte. Es tat ihm leid,

* Umberto Saba, *Ernesto,* Einaudi, 1975.

daß die Landschaft seinen Blicken entzogen war, die Unermeßlichkeit des Meeres, welcher das Schiff sich nun näherte. Vielleicht käme gerade einer jener Überseedampfer entgegen.

Im Kopfinnern eine winzige Hohlfurche, und rundum Lärm. Die Besatzung oder der Kontrolleur suchten vielleicht nach ihm, die Mädchen hatten sich beschwert.

An einem sonnigen Tag, vier Jahre zuvor, waren sie zwischen den Fichten den Steilpfad, den vom Regen ausgewaschenen, hinangestiegen, sich von Baum zu Baum hangelnd, und hatten dann die grasigen Matten erreicht, die oben begrenzt waren von einem gewaltigen Himmel. Vom Grat aus schwenkte der Blick in eine Landschaft von Ausmaßen, bei denen der Atem stockte: oft schon gesehen und jedesmal vergessen, in der Erwartung, sie wiederzusehen.

Auf einmal, nach ein paar Schritten, hatte man bloß noch eine geringe Steigung vor sich, bewachsen mit Gras, gebeugt unter dem Wind, danach der Steilabfall. Mit einem Schlag tat es sich auf, so weit, daß man das alles nur aufnehmen konnte, indem man den Kopf drehte: unter einem erstreckte sich die Welt. In der Klarheit des Winds bauten sich Gebirge auf, Schiffe verankert im Endlosen; ferne und noch fernere Schichtungen, lange Täler, unerhörte Regionen hatten Platz zwischen den gespreizten Fingern.

Gerade vor ihm ragte der Mont Blanc auf, und immer neu suchte das Auge Aufstiege, Umwege, Wände. Mit einem einzigen Blick unternahm man ganze Reisen. Im reglosen Anschauen skizzierten sich Tage um Tage, von der grünenden Tiefe bis hinauf zu den noch schneebedeckten Hängen. Zuweilen, fast verloren am Horizont, trat plötzlich die helle Linie einer Straße hervor, geriet gleich wieder aus dem Blickfeld und wurde dann lange gesucht; oder es blitzte kurz ein Fenster auf, welches geschlossen wurde.

Er hatte sich beiseite gesetzt, sein Körper entspannte sich, war eins mit sich selbst, die Landschaft erlöste ihn. Ein paar Schritte genügten, den Steilhang hinauf, und man war im Freien, hinter dem kleinsten Hügel öffnete sich die Unermeßlichkeit.

Auch sie waren ihm nicht entgangen, wie sie denselben Pfad hinanstiegen, die eine hinter der andern, dunkle aufeinanderfolgende Dreiecke, mit hellen Flecken obenauf. Für Augenblicke wurden sie unsichtbar in den Wegbiegungen, die ganze Gegend erschien leer, dann kamen sie an Stellen wieder hervor, wo man gar keinen Weg vermutet hätte. Lange schon gingen sie dort, und seine Kameraden hatten sich zusammengeschart, die Köpfe ihnen zugewendet, vielleicht um zu zeigen, daß sie eine Gruppe waren. Sie bildeten dort eine Reihe auf dem schmalen Pfad, und die oben taten auf einmal, als machten sie sich an den Abstieg, nur um ihnen zu begegnen, an den Engstellen, ihnen, zur Seite gedrückt, den Vortritt zu lassen und vielleicht sie dabei streifen zu können. Die Enge des Wegs, die Steilheit des Hangs ließen sie stehenbleiben. Man redete. Die Aufseherin, die mit den Mädchen war, und der Jungen-Aufseher ließen das Zusammentreffen unschuldig erscheinen.

Er war hinter den andern zurückgeblieben, mitten im Hang, noch hoch genug oben, um mit ein paar Sprüngen umkehren zu können zu der Unermeßlichkeitslandschaft, welche ihn schützte vor sich selbst. Ein-, zweimal hatten sie sich nach ihm umgedreht.

Auf dem Hang taten sich Mulden auf, Vorsprünge, geeignet als Versteck; man war da umgeben von einer Rundwand aus Stengeln im Zentrum eines unauslotbaren Kreises. Oberhalb der Ränder hörte er den Wind hinstreichen. Weit am Horizont stellte er sich abendblaue Inseln vor. Ein Tagtraum trug ihn da fort: jene Fünfzehnjährigen auf dem Schiff, zart, frisch, fein, wie sie sich verloren in ihren Phantasien von der Rückkehr unter die dunklen Bäume, in ihre Mansarde unter dem Strohdach; von unten die Stimmen der Eltern. Und da schnürte der Kummer sie zusammen, ihr Zuhause erschien ihnen mit Händen zu greifen, wie es sich zeigt allein den traurigen Kindern. Ein jedes Mal schneidet ein Schmerz durch die Brust, die Tränen schießen hervor.

Aber da sie, wie er, fünfzehn bis siebzehn waren, konnte es sein, daß sie ihr Am-Leben-Sein der gleichen Sache verdankten wie er, jener angelernten Geste? Hatten sie, wie er, jenes Geheimnis entdeckt, welches alle Ungerechtigkeiten löscht, alle Beleidigungen heilt – kannten sie jene äußerste »Selbstbesinnung«? Mit einem Mal besänftigte der Kummer sich in dem tagtäglichen Warten auf den Abend; er hatte die Verzauberung gefunden, die in seiner eigenen Macht stand. Von da an hörte der Jammer auf, über ihn zu herrschen.

Nun, da die Gefahr vorbei war, wurde er neu geboren, glücklich, stolz über seine Unterwerfung, stolz, zu Diensten zu sein. Sie hielten ihm die Hände, wieder und wieder, und er, vornübergefallen, unterschied sie nicht in der Finsternis des Schlafsaals. Er bereitete seinen Körper vor. Der Glanz der Sonne drang ihm durch die Lider, er spielte mit den Farbkreisen vor seinen Augen. Von einem sehr hellen Gelb wechselte er nach Belieben über zum Rot-Violett.

Indem er die Augen öffnete, sah er, umrissen vom Himmel, die Mädchen rund um die Mulde, worin er sich seinen Phantasien überlassen hatte: nackte Beine, ganz nah bei ihm: ein bodenloser Abgrund, darin ein glattes Rohr, hineingerammt in ihn, ohne daß es ihm gelang, sich damit hinauszuschleudern. Er wußte nicht einmal, daß er es war, der mit aller Kraft rundum Fußtritte austeilte, er aber war es, der die Stelle im Auge hatte, wo der Fuß das Schienbein traf, er zielte jedesmal genau.

Er stieg ab, aufgerichtet, majestätisch, so als

sei alles ihm untertan, als existierte der Abhang gar nicht. Er wandte sich nicht einmal um, Recht war geschehen. Doch schon ließ die Mordlust in ihm nach, am Fuß des Hangs, weit weg, drehte er sich um, die Mädchen, aneinandergedrängt, standen wie zuvor über eine von ihnen gebeugt, welche auf der Erde saß, fast unsichtbar, umgeben von Beinen. Der Schreck packte ihn, vielleicht hatte er ihr etwas gebrochen – schon einmal hatte er, mit einem einzigen Tritt, das Bein eines Jungen gebrochen, der sich über ihn mokierte, nie vergäße er den Augenblick jenes Körpers, der sich krümmte, sich streckte vor Schmerz, er wußte, er war böse – jene Gesten, die er in sich hatte, sollten sie Wirklichkeit werden? In der Angst schrumpfte er, er wurde davon dünner und dünner, fadendünn.

Die Mündung des Stroms in das Meer, so sehr von ihm erwartet, auf die er sich so sehr im voraus gefreut hatte: er sah nichts von ihr. Statt dessen weiß bemalte Metallnieten, festgeschraubte, kleine, glatte Flächen. Das Rucken beim Anlegen durchfuhr das ganze Gehäuse. Dann kam das dumpfe Brodeln der Maschinen, die sich in die Gegenrichtung drehten, und das Schürfen der hölzernen Landestege am Quai: deren Ende war abgeschrägt, quer darüber genagelte Leisten verhinderten das Ausgleiten. Solche Einzelheiten fest anzuschauen schützte vielleicht vor dem Erkanntwerden.

VII

In dem Studiersaal, getrennt vom »Salon« der Direktorin durch eine Schiebetür aus mattem Glas, hörte man alles, so als sei man im selben Raum. Das Läuten des Telefons ließe leichthin den kleinen runden Hörer erzittern, wie er da auf dem Schaft lag. Während es läutete, blieb alles an seinem Platz, das Fenster ging hinaus auf das Tal wie zuvor.

Das kleine Klicken der Gabel beim Abheben. Zu beiden Seiten krümmten sich zwei Arme empor, worauf der Hörer ruhte. Eine glänzende Schraube hielt den ganzen Apparat in der Mitte zusammen.

Die Direktorin hatte noch nicht einmal hallo gesagt, und schon wußte er Bescheid: es war die andere Vorsteherin, die des Mädchenheims. Die Luft war dick. Zwei senkrechte Wände zwängten ihm den Schadel ein. Ausrufe, des Unwillens, der Zustimmung. Er verließ den Studiersaal, steif, wie zugespitzt, sich selbst überragend, absurd, von überallher sichtbar. Er tat, als ginge er auf die Toilette, um nicht hören zu müssen, was weiter über ihn gesagt würde; die Lachlust erfaßte ihn, eingeschlossen wie er war in dieses rechteckige gelb angemalte Behältnis. Er verflocht die Hände unter den Knien und versuchte, sich emporzuheben; am liebsten hätte er sich an den Haaren erwischt und so durch das Haus geschleift. Da war er nun, in seiner gelben Schachtel, mit einer Tür vor sich, gerüttelt vom Lachen, saß an gerade dem Ort, wo er so oft Zuflucht gefunden hatte nach der Züchtigung: in den roten Kacheln glänzte es wider von einem Pferdekopf, er sah ihn zwischen den Tränenschwällen. Diesmal war es, als träte die Zeit in Kraft: gleich würde er gerufen werden. Er ging auf Stelzen – immer kamen ihm dabei Bilder von Städten –, in Turmhöhe, er stand und ging auf den eigenen Schultern, ausgesetzt den Blicken aller. Oder vielleicht zog er über die Landschaft hin als riesiger Zeppelin, an den Flanken Stoffbahnen mit: ICH GEBE MÄDCHEN FUSSTRITTE. Wenn der Zeppelin hervorschwebte über den Bäumen, würden die Bauern sich auf ihre Schaufeln lehnen, um ihn vorbeifliegen zu sehen.

Er steckte den Kopf zwischen die Beine, um die Welt verkehrt zu sehen, wie in der Kindheit: man hatte den Himmel unter sich, die Häuser waren an den Fußboden gehängt, die Bäume wuchsen abwärts, die Passanten gingen auf dem Kopf. Hier aber sah er über sich nur den Rand der Klosettbrille. Das Warten nahm ihm die Luft. Sicher hatten die beiden inzwischen aufgelegt, mit der gleichen Geste an diesem Punkt der Landschaft wie an jenem, und er in der Mitte, eine Zelluloidpuppe, die man an einer Schnur hampeln ließ.

Die Stimme des Aufsehers: er fuhr zusammen, der Tonfall war ihm bis in die Einzelheiten vertraut. Er stand unten an der Treppe und rief die andern, die Schlafsaalgenossen. Er schloß die Augen, sah sich hocken, ausgesetzt in die Leere, den Arm vorgestreckt, während in seinem Rücken der Aufseher sprach.

Sie kamen die Treppe heruntergelaufen, jeder Schritt erzeugte auf den Stufen ein je verschiedenes Geräusch. Dann schloß sich die Tür des Studiersaals wieder. Er trat aus der Toilette, der Flur war entvölkert, er hatte ihn ganz für sich, er konnte über den Raum vor sich verfügen. Aber da war nur ein undurchsichtiger Würfel, in dem er Atemnot bekam. Die Ängstlichkeit schnürte ihm den Körper ein.

Vor ihm die Tür, ein vertikales Rechteck in der Mauerdicke. Neben ihm wurde nun gesprochen. Die Blendhelle des Tals erstreckte sich vor der Balkontür, die den ganzen Himmel in sich schloß. Das Tal selbst sah man erst vom Balkon aus. Die Wörter kamen zu ihm von weit.

In seiner Hand das Oval des Türgriffs. Wenn man darauf drückte, senkte sich auch auf der andern Seite des Holzes ein Griff hinab. Mit einer einzigen Bewegung setzte man zwei in Gang, aus weißer Fayence, mit einem Messingknopf am Ende.

Die Dinge gehorchten ihm wie den anderen. Die Wege wußten nicht, daß er es war, der sie nahm: den Hang hinuntersteigen, abbiegen vor dem großen Baum, den Bach auf den zwei Steinblöcken überqueren, welche als Brücke dienten, die weite Krümmung des Pfads nachziehen, der die ganzen Wiesen umlief und von dem kleinen Felskopf hinab in das Dorf. Dann über die Straße, die Häuser entlang, vor den Pappeln, die auf dem flachen Talgrund gegen die Wegrichtung stehen: von dort konnte er schon das Mädchenheim sehen.

Er hörte sich sagen, er wüßte nicht, warum er dem einen Mädchen den Fußtritt gegeben hatte. Sie hatte ihn erkannt, ihn verglichen mit seinen Kameraden, welche grinsten. Sofort also war er ausgeforscht, nun wußten sie alles von ihm: auf ihn war kein Verlaß, nur Unterwerfung kam ihm bei. Schwärze, kubusgleich, drückte auf ihn.

Er wurde ausgefragt, und er hörte die Sätze wie aus einer Etage darunter. Er sollte zum »Schwalbenheim«, um dort an Ort und Stelle gezüchtigt zu werden – die andere Möglichkeit: sofortige Entlassung.

Der ganze Talboden wäre zu durchmessen dahin, und der Pappelschatten fiele auf die andere Straßenseite, von überall wäre er sichtbar, am hellichten Tag. Die Direktorin, mit Hilfe des Fernglases, könnte ihn jederzeit sehen, ihm folgen bis über die Schwelle des Schwalbenheims.

Augenblick um Augenblick, vom Anfang bis zum Ende, sähe er sowohl den zurückgelegten Weg als auch, was ihm noch zu gehen bliebe. Danach, beim Verlassen der »Schwalben«, wäre es derselbe Weg, in der umgekehrten Richtung, und zu einer anderen Zeit: auch das hätte er dann überlebt. Er sah den Ort, wo *es* stattfände; erst einmal war er in dem Mädchenheim gewesen. Man hatte ein Theaterstück gespielt, und alle Kinder der Heime in der Umgebung waren eingeladen gewesen.

Als er zehn Jahre alt war, hatte man ihn für eine Rolle in so einem Stück vorgesehen. Er hatte nichts verstanden. In der Hitze, die ihn blind machte, sah er vor sich nichts als eine Art Gerüst, zu dem, zwischen einem Geländer, steile Stufen hinaufführten. Er mußte da hinaufsteigen und ließ sich, besinnungslos vor Angst, leiten von den Ritzen in den Brettern, um irgendwem irgend etwas zu überbringen. Er hatte sich mit den Füßen in seinem Mantel verfangen wie in einer Zeltplane und war, zu dem Gelächter all der Gesichter unten, zu Boden gefallen. Dann wurde er, am Fuß des Gerüsts, am Arm weggerissen, und die Großen, zu seinen Häupten, hatten ihn angefahren.

Es waren Knaben gewesen, die in dem Mädchenheim gespielt hatten; einige von ihnen, hieß es, waren als junge Frauen verkleidet, es setzte ihm zu, daß er das nicht selber bemerkt hatte.

Drapierte Gestalten hatten gesprochen mit seltsamen Stimmen, welche nicht die ihren waren, überragt, während der gesamten Aufführung, von einem abgerundeten und mit Zierleisten versehenen flachen Stuckbogen. Eigenartig, diese unbewegliche und unbeteiligte Arkade, während darunter agiert wurde mit falschen Stimmen und Gebärden. Am Schluß war es schwierig, die beiden roten Vorhänge zu ziehen, und er lachte fast über die Mühe, die man sich gab: eine Hand zog unaufhörlich an einem der Zipfel, welcher sich schräglegte, während dahinter sich bereits die Akteure entkleideten.

Und indes alle ihre Stühle rückten, hatte er sich umgedreht: der weiße Bogen war immer noch da, drei steile Stufen führten beidseits bis zum Anfang der Krümmung hinauf, und in der Mitte die große Fläche des inzwischen geschlossenen Vorhangs.

Sonst diente dieser Raum als Speise- und als Studiersaal. Mademoiselle Gozat, die Direktorin des Mädchenheims, und die Aufseherinnen aßen auf der Estrade, oberhalb der Zöglinge, deren Tische im rechten Winkel zur Bühne standen und so von oben überwacht werden konnten. Manchmal das Bild der über die Teller gebeugten Mädchen, und ihnen gegenüber, erhöht, die Aufseherinnen.

Er konnte auch *nicht* hingehen, war seltsam frei. Bei seinem Anblick, wie er da den Steilpfad hinabstieg, welcher zum Talgrund führte, war es auch denkbar, daß er im Dorf einen Brief aufgeben oder einkaufen ging. Niemand wußte, wohin er unterwegs war. Man kannte ihn. Dieses und jenes Chalet war schon wieder bewohnt von den Damen in Schihosen mit den gebräunten Gesichtern und den lauten Stimmen. Schlossen sie hinter sich die Fenstertüren, spielte sich dort ein Leben ab, von dem er nichts wußte. Vielleicht telephonierten sie nach Paris, das er sich sehr weit weg vorstellte, im Nordwesten. Vielleicht sprachen sie im Haus mit Leuten, die existierten, ohne daß er ihnen begegnet wäre. Er war der einzige, der wußte, daß er zu dem Mädchenheim an dem Bergfuß gegenüber ging, um dort gezüchtigt zu werden. Das, so war ihm bedeutet worden, oder die Entlassung, und dieses Wort allein machte ihn schreckstarr: seine Scham, wie er flehte, an Türen schlug, die ihm nicht geöffnet wurden. Aber die Gewißheit der Rute weckte in ihm, so störrisch, widerborstig, ungestüm, roh er war, ein anderes Leben, aus seinem Innersten stieg es auf. Es war wie ein magisches Wort, von dem er sich erhoben fühlte, während das Wort Entlassung ihn niederdrückte und ängstigte.

In zwei Stunden, vielleicht nicht einmal, wäre es schon *danach*. Die Mordlust war verschwunden aus ihm. Die Züchtigung setzte ihm sonderbar zu, umriß den Körper, rechtfertigte seine Existenz. Es war, als fiele er, sich bei der Hand haltend, vor sich selber auf die Knie. Die Landschaft, gerade durch das, was ihn erwartete, erregte ihn; wirkte mit an dem zugleich präzisen und konturlosen Bild, das Geräusch der Gürtelschnalle, der rundliche Fingerdruck, der sich vorschob in dem Stoff, die Kälte dann auf der Haut, die steife Kleideraufwölbung rund um die Knochel, die Selbstbeobachtung, die er nicht wagte, die Hose, die er sorgsam zu falten hatte über einer Stuhllehne, der weiße Fleck des Unterzeugs auf dem

Teppich. Der Zipfel des Hemds, hinaufzuknöpfen hoch oben am Rücken, die Furcht verwirrte die Gesten: die Hände, die er hinhalten mußte zum Fesseln, mit einer Kordel oder einem Band, und die unwillkürlich dem Gerüttel beim Verknoten folgten.

Und jener Tag, da sie sich voll Wut auf ihn gestürzt hatte und ihm vorwarf, die Schrauben an ihrer Schibindung gelockert zu haben, damit sie bei Höchstgeschwindigkeit stürze und sich die Beine bräche oder sogar zu Tode käme. Während sie ihn mit aller Kraft schlug, und er nur noch ein rotes Geheul war, schrie sie unaufhörlich: »Mörder, kleiner Mörder, Strolch!« Er bestand nur noch aus Leiden, gefesselt, mit gebundenen Händen, eine weiße Kröte, die auf der Stelle zuckte, Füße gespreizt, sich wälzend auf sich selbst, war nichts mehr als die Schläge mit dem Gürtel, die ihm auf den Hüften brannten, den Schenkeln, den Schultern, dem ganzen Leib. Bei jedem Schlag staunte er, wie weh er tat, während er darunter weiterlebte.

Als dann das Telephon läutete, verharrte er mitten in dem Raum, zusammengekrümmt auf dem Boden, und wunderte sich, zwischen den Tränen, dieses rotgestriemte und angeschwollene Fleisch zu sein, und zugleich um sich diesen kubischen Hohlraum zu haben. Er hörte nun, der Schireparateur habe vergessen, die Bindung festzuschrauben. Er hörte, wie dem Handwerker vorgeworfen wurde, das nicht sofort gesagt zu haben; seinetwegen sei ein Kind verdächtigt worden. Man hatte es streng bestraft, und es war unschuldig. Er wurde dabei angeschaut, fast Verzweiflung war in der Stimme.

Die Teppichmuster gerieten durcheinander, dunkle, sehr nahe Ovale, zeichneten Landschaft um Landschaft, und zwischen den Tränen hoben sich Ufer ab, Säume jenseits des unermeßlichen Flusses, aufgehellt hinter den Deichen von dem Sonnenglanz im düsteren Himmel.

»Warum haben Sie mir nichts gesagt, warum nur?« flehte sie ihn an, indem sie ihn bereits verantwortlich machte für seine Unschuld. Und es war dieses »Sie«, das so seltsam war, gerichtet an einen nackten Halbwüchsigen; welcher, gefesselt auf dem Teppich, geschüttelt wurde von Schmerz und von Hoffnungslosigkeit.

An einem Tag der Kindheit, in Hamburg, war er auf das Riesenrad gesetzt worden, und die Erde war unter ihm weggeglitten, wurde weiter und weiter, die großen grünen Dächer wichen auseinander, mit den Einschnitten der Straßen dazwischen. Dann senkte sich der Himmel herab, hell hier, mit dunklen Gebäuden, dann dunkel dort, die Gebäude hell, und er war begeistert gewesen, zu leben.

Mit jeder Züchtigung entstand eine größere Genauigkeit, die Umrisse wurden schärfer, je mehr er gezüchtigt wurde, desto mehr jubilierte er; desto besser sah er.

Man mußte ihm die Hände binden, damit er nicht die Schemel kreuz und quer durch die Räume würfe, er stieß die Tische um, riß die Deckel von den Fächern – mehrere waren nötig, ihn zurückzuhalten. Das Auge stellte sich ein auf die zu zerschlagenden Gegenstände. Ein Scharfsinn kam dann über ihn, nahm seinen Platz ein und ließ ihn zerbrechen, zerreißen, zerschmettern, was anderen am teuersten und liebsten war, und ihre Blicke, geweitet vor Schreckstarre, würden, das wußte er, für immer in ihm bleiben. Einzig die Strafe erlöste ihn von seinem mörderischen Gerase.

»Sie werden sich eine Krawatte umbinden. Sie glauben doch wohl nicht, sich in diesem Aufzug vor Mlle Gozat einstellen zu können, bei ihr, die sich bereit erklärt, Sie zu bestrafen. Und daß Sie sich ja waschen und sich ein sauberes Hemd geben lassen!«

In der Wäscherei wurde gelächelt, als man ihm das Hemd eines ehemaligen Zöglings gab; er selbst hatte keins, man kleidete ihn mit den Überbleibseln. Man hatte sich ihn als jemand Ordentlichen vorgestellt, ein so großer Junge!, ansehnlich, gelehrig, Milch und Honig: er wollte sich erbrechen.

Wo sollte er eine Krawatte hernehmen? Und er mußte sich eine umlegen, um gezüchtigt zu werden, wie jene englischen Internatsschüler, die sich vor dem *headmaster* einfanden mit weißen Handschuhen, um persönlich ihr Strafwerkzeug auszuwählen und es auf der Handfläche durch das ganze College zu tragen! Auch sie hatten einen langen Weg zurückzulegen, und zuletzt erwartete sie vielleicht noch die Helligkeit des großen Hofs, den es vollständig zu durchqueren galt. Wie er, so hatten auch sie bei ihrem Gang die Welt um sich gehabt, die Flure zu beiden Seiten, die Glasschränke, zum Schutz der Bücher mit Stoff bespannt, oder die Pappelreihen mit den hellen Stämmen vor dem schattigen Grashintergrund.

Vor ihm das Schwalbenheim, eine große gelbe Mauer. Man hatte das Haus verlängert für den Speisesaal und dort die Estrade eingebaut. Die Bangigkeit nahm ihm den Atem, über ihm trafen die zwei Dachschrägen zusammen, bewegungslos.

Um eine Geste verlegen, nahm er den Krawattenknoten zwischen Daumen und Zeigefinger – erstmals trug er so etwas, und es gehörte nicht ihm –, ließ seine Finger über das gebauschte Tuch fahren, eine Geste, die ihn überraschte, er hatte sie noch nie vollführt. Später, wenn alles vorüber wäre, würde er sie wiederholen.

Lange wartete er hinter dem Gebäude, damit seine Augen die Röte verlören, die Passanten sollten nicht sehen, daß er geweint hatte, in seinem Alter! Dann war die Dünne des Stoffs zwischen seinen Knien und dem Steinboden des Speisesaals. Er war genötigt worden, um Verzeihung zu bitten. Er hörte sich Sätze sagen, welche man ihm diktierte. In nächster Nähe zu ihm, über die Knie gezogen, der Rock des Mädchens, und die Quetschung, die er ihr beigebracht hatte, ein blauer Fleck.

Die dicken Schuhe hatten gedröhnt auf den drei Stufen hinauf zur Estrade. All der Lärm der versammelten Mädchen. Der zugezogene Vorhang bildete eine rote Wand. Sie sollten alles hören und nichts sehen. Auf der Estrade: die Aufseherinnen, das Personal des Heims, ein Schemel und ein Tisch mit der goldgelben Linie der Binsenrute. Als man ihn wiederum hinknien ließ, spürte er das kalte Linoleum der Estrade auf seinem nackten Fleisch.

Es war ihnen gelungen, ihn zum Schreien, Flehen, Betteln zu bringen, sie stülpten ihn um, trieben ihn aus sich selbst, die Tränen zeichneten Farbkreise vor seine Augen, und so wie alle Welt hörte er das Zischen der Binse, dann das Klatschen auf seiner Haut. Er verstand, warum er seine dicken Schuhe hatte anbehalten müssen: der Schmerz ließ ihn mit den Spitzen auf den Boden klopfen. Jenseits des Vorhangs hörten die Mädchen das alles. Lange Zeit verging dann, bis sich um ihn herum wieder die Welt ausbreitete; die Hände wurden ihm nicht gleich losgebunden, und da er vor Tränen immerzu danebengriff, mußte man ihm beim Ankleiden helfen.

Er vergaß, was er sich vorgenommen hatte, es fiel ihm ein dann auf halber Höhe, auf dem Steilstück vor dem Kinderheim, das über ihm schwankte, während darüber die Wolken zogen. Immer noch verkrampfte sich momentweise die Brust in einem Schluchzen. Und wiederum nahm er die Krawatte zwischen Daumen und Zeigefinger: indem er die Stelle, ertastet vor der Züchtigung, wiederfand, geriet ihm die Zeit durcheinander, so als besänftige das Vergnügen, das ihn erwartete, jeden Schmerz. Er würde drei Tage lang in den Karzer gesperrt, in den winzigen Raum, Fensterläden zu. Nichts als ein Bett, eine Decke, eine Kissenrolle. Und er im Hemd, bei Brot und Wasser. Der Aufseher hätte den Schlüssel, er käme und schlösse die Tür hinter sich, zöge sie zu, ihn unverwandt anblickend.

Hinter dem hohen Gras, dem schon sommerlich vergilbten, helle Striche vor einem Schattenbezirk, wollte er sich an seine Lieblingsstelle setzen, wo er den Blicken vom Heim entzogen bliebe. Und sofort machte der Schmerz sich bemerkbar; ein Aufschrei. Die Hand unter dem Gürtel, betastete er die harten wehen Schwellungen. Und danach sah er das Rot an den Fingerspitzen: derart also hatten sie ihn geschlagen; unwillkürlich lächelte er bei der Vorstellung, wie der Aufseher, wenn er ihn zum Karzer brächte, davon verwirrt wäre.

VIII

Im Eingangsflur des großen Wohnhauses, gegenüber dem Friedhof von Belleville, ist es, als pfiffe der Wind hoch oben durch das Gebälk einer Berghütte. Die Bäume auf der andern Straßenseite, hinter der Friedhofsmauer, sind durchlässig für die Weite des hellen Himmels, und in der Zwischenzeit schallt unten in dem Gebäude der Wind die Etagen hinauf, Gehäuse eines Schiffs, über welchem rasche Wolken flögen, in dem klaren starken Licht der stürmischen Tage.

In jenem Sommer 1949 war er, nach zehn Jahren, wieder zurückgekehrt in die Orte der Kindheit: Norddeutschland, Schleswig-Holstein, wo die Landschaft sich dehnte, als sei nichts geschehen; ein Tag mit vergleichbarem Licht war das gewesen, hoch, klar, schattenlos. Er saß auf einem dieser schweren deutschen Räder, bei denen das Pedal zugleich als Bremse dient. In der langen, entvölkerten Waldallee fuhr er dahin, in Schlangenlinien, bei geschlossenen Augen, schneller und schneller, und dann purzelte er grotesk seinem Rad voraus.

Am Ende der Allee lichtete sich der Wald, ging über in Gärten mit Villen, von denen er nur die Rückseite sah.

Vor einer davon, kleiner als die andern, hatte man ihm eine weiße Schüssel mit heißem Wasser und Seife auf einen Stuhl mitten auf dem Gehsteig gestellt, der noch überzogen war vom Sand des Waldes. Man kam aus dem Haus, um ihm zu Diensten zu sein, der Mann mit Hosenträgern, wie unterbrochen in einer Tätigkeit, die Frau daneben in einer schwarzen Schürze mit zahllosen weißen Punkten, welche den Stoff grau erscheinen ließen.

Er tauchte die Hände in das warme Wasser und betrachtete sie vor dem weißen Hintergrund. Man war ihm zu Diensten! Unbekannte, welche von weitem ein Fahrrad, auf dem Sattel stehend, gesehen hatten, die Räder in die Höhe, mit einem emsigen jungen Menschen rundherum. Sie liehen ihm eine Pumpe. Der Mann hielt ein Handtuch mit Wabenmuster, gefaltet, griffbereit, auf den von sich gestreckten Armen, wie ein unbewegliches Werkzeug. Seine Frau wartete auf die Rückgabe der Schüssel.

Er ließ die Hände im Wasser, wagte kaum, sie einzuseifen, und man schaute ihm zu, beinahe freundschaftlich. Er schob die Arme vor, um sich eine Haltung zu geben, und indem er von der Schüssel zurücktrat, merkte er unter sich die eigenen Beine, die da Seite an Seite warteten, reglos, vereinzelt, als gehörten sie nicht zu ihm. Die Schuhspitzen zeichneten sich rund ab, dunkel auf dem hellen Sand. Eines Tags in der Kindheit, auf dem Drehhocker des Pianos, hatte er sie unter sich hängen sehen, mit einer versilberten Schnalle auf jedem Schuh. Er war auf dem Mahagonisitz im Kreis gedreht worden, schnell und schneller, und er sah das Zimmer an sich vorbeiflitzen, die Fenster, dann das Sofa auf der anderen Seite, so als sei es rund. Einzig die Schuhe vor ihm blieben starr.

Der Mann und die Frau hoben sich ab von dem Wald, während unter ihm immer weiter die Schuhe warteten. Zu seiner Linken das Weiß des Handtuchs mit dem Wabenmuster, dahinter die Bäume, und das Hemd des Mannes, der es hielt. Ein Zittern ergriff ihn, als wäre er nackt, sein Körper stach heraus aus der ihn umgebenden Luft. Da stand er, gekrümmt, in gerade der Haltung, die er, vor zwei Jahren kaum, hatte einnehmen müssen für die Züchtigung. Es war, als sei er erkannt worden: der einzige Junge im Heim, der noch derart bestraft wurde; überall erzählte man es herum, das ganze Dorf wußte davon.

Plötzlich, er trocknete sich nicht einmal die Hände ab, trat er wieder mit aller Kraft die Pedale, entfernte sich so rasch wie nur möglich. Er sah vor sich nur den hellen Strich der Allee. Hinter ihm blickten Frau und Mann ihm sicherlich nach, vor sich auf dem Stuhl das weiße Rund der Schüssel.

Ein Augenblick, und er fand sich waagrecht in der Luft, ehe er ein zweites Mal über das Rad hinausschoß, Kopf und Handballen voraus. Um den Blicken zu entkommen, hatte er schnell, zu schnell die Kurve genommen, die sich hell hineinschnitt in die dunkle Waldmasse. Trotz seiner blutigen Hände stand er sofort auf, und indem er das verzogene Rad hinter sich her schleifte, suchte er sich zu verstecken im tiefsten Dickicht unter den Bäumen. Das Rad, welches sich nicht mehr drehte, schleifte auf dem Boden, und das Pedal stieß ihm bei jedem Schritt an den Knöchel; seine Hose war an den Knien durchlöchert.

In dem Buchenwald teilten die großen grauen Stämme den Raum in senkrechte Streifen, auf halber Höhe durchschnitten von Licht. Das gelbe Laub des vorigen Herbstes bedeckte die Erde. Er ließ sich da nieder und wartete, daß der Schmerz sich linderte: die Handflächen brannten, die Haut hatte sich abgelöst in dreieckigen Fetzen, darunter schon das Fleisch. Nach und nach wurde ihm leichter, der Schmerz wurde ein Teil von ihm. Der jüdische Hausierer kam ihm in den Sinn, wie er dahinkroch über die abgefallenen Blätter, wo sein Körper eine feuchte, dunkelbraune Spur, das umgedrehte Laub, hinterließ. Seine Verfolger hatten ihn entdeckt an dem durchdringenden Keuchen der Erschöpfung und der Angst, und an der Furche, die er hinter sich herzog. Dieses Bild fiel ihm ein jedesmal ein, wenn er lächerlich war oder schuldig, als handle es von ihm.

Er konnte nicht umkehren, sich bedanken für die Schüssel und die Seife, sich entschuldigen.

Sie hätten sich gewundert, ihm Fragen gestellt. Er hatte sich vornübergebeugt gesehen, wie es der Aufseher wollte, der ihn züchtigen durfte: er band die Hände und ließ Zeit für die Schmerzen zwischen den Schlägen.

Mag sein, der Mann und die Frau hatten das geahnt, während er sich die Hände wusch. Mag sein, sie ahnten, daß er Domestik gewesen war, sich für einen Teller Nudeln oder ein Stück Schokolade seinen Kameraden dienstbar machte; ihnen die Schuhe einfettete, die Schi trug. Freilich, kaum bot ihm einer, aus Wohltätigkeit, Geld an, packte ihn die Wut, schüttelte ihn der Widerwille. Keine schlimmere Schmach gab es für ihn – und doch, warum, auf ein Zeichen des andern, kniete er sich nieder, ließ sich an den Haaren nehmen, seinen Kopf vor und zurück bewegen? Er schloß die Augen: Landschaften entstanden in ihm, unermeßliche Wolken verharrten über Ebenen, markiert von Baumpunkten an einer Straße. Friede kam über ihn, Erinnerung und Elend verschwanden. Er war nichts mehr als diese armlose Geste; die Augen geschlossen, vertiefte er sich in die Finsternis und zwang sich, nichts mehr zu sein als die Empfindung jener Hände, welche durch seine Haare knirschten, indes ihn das Meer überspülte.

Die Jugendlichen schützten ihn, sie hatten für ihn die geringschätzige Freundlichkeit zu vertrauten Gegenständen. Sie gaben ihm von ihrer Schokolade, gaben ihm etwas ab von ihren Familienpaketen. Er nahm zu, wurde kräftiger um die Hüften. Was erhofften sie von ihm?

Er wusch das Geschirr, besorgte Einkäufe und Haushalt des Kinderheims. Man ließ ihn in dem Glauben, seine Verwandtschaft zahle nicht mehr für ihn; er werde behalten aus purer Nächstenliebe, für die er gefällig zu sein habe. Er war so dankbar, den Deutschen entkommen zu sein, dem Krieg, so voll von Erkenntlichkeit für das Versteck, daß er vor Dienstfertigkeit außer sich war.

Gern saß er neben dem Kinderheim auf einem in den Hang gebauten Steinplatz und schälte Kartoffeln, in einer Köchinnenschürze. Rundlich lagen sie da in einem Korb, grau, eine jede in ihrer Form. Das Auge wählte sie, die Hand wog sie, manchmal bröckelte noch Erde herunter, puderig, eigentümlich hell. Kam sie vielleicht aus der Bresse, jener französischen

Ebene, die er noch nicht kannte? Von Frankreich hatte er allein das Gebirgstal gesehen, wo er ein paar Jahre zuvor angekommen war, und trotzdem war das ganze Land ihm nah durch die Stiche in den Schulbüchern, worin er blätterte, durch die Stimmen und Erzählungen der Mitzöglinge. Die Vignetten der französischen Grammatik, die Illustrationen der Geographiebücher, doch ebenso die Alltagsdinge, die Lichtschalter oder die Türklinken, ganz verschieden von denen, die ihm bisher begegnet waren, hatten in ihm das ferne Rattern von Zügen auf Flußbrücken aufleben lassen. Von Paris reden hören: es war, als sei das Gesicht derer, die dort gewesen waren, davon gezeichnet, und er wiederholte auf der Karte ihre Reise.

Er kannte alle Monumente von Paris als Bild. Die Straßen hatten Holzpflasterung, offene Busse fuhren. Auf den Photos zeigten sich Leute im Profil auf Balkonen, auf Dacherhöhe; und jenseits die Straßenfluchten.

Culoz, Ambérieu, Bourg-en-Bresse: in der Phantasie sah er die Ebene von hoch oben, hier und da die Spitze eines Kirchturms.

Die Kartoffeln waren geliefert worden von den Ufern des Ain oder der Rhône, in dicken Lastern mit Gasantrieb. Es war er, den man ausschickte nach der Ration für das Heim, mit einem Kinderwagen, und er brauchte für den Transport mehrere Fahrten. Immer wieder begegnete er den Kameraden, welche der Aufseher spazierenführte. Sie sahen ihn von weitem auf dem geraden Anstieg der Straße, vorgebeugt, gegen den Wagen gepreßt, der mit der dunklen Ladung ihm in die Körpermitte schnitt. Man sah von weitem die hellen Hände, um die Stange geklammert, und sein Gesicht, das sich hob und senkte im Maß der Anstrengung.

Am Abend dann war er es, der die Kartoffeln servierte, mit dem Tablett aus der Küche kam, wieder in der Schürze, er sollte sich nicht schmutzig machen. Einer der Esser hatte ihn auf einmal »Lisette« genannt. Er durfte nachher essen, auf einem emaillierten Blechteller, am Tisch in der Küche, kräftige Portionen, mit zerlassener Margarine.

Sie hatten demnach jeden Grund, in ihm ihren Domestiken zu sehen. Und das bekam ihm, eine große Sanftheit stellte sich ein: er würde in der Nähe weiter, tiefer Räume leben, dicke Teppiche dort auf dem Boden, in einem Winkel eines einfarbig ausgemalten Flurs, sitzend an einem Holztisch. Er öffnete und schlösse Schläge, bediente bei Tisch mit großen Silbertellern, mit denen er zwischen den Gästen hantierte.

Vielleicht fände man nun, da er achtzehn war, schon einen Platz für ihn. In dem zweifach abschließbaren Zimmer benutzte der junge Herr, in Abwesenheit der Eltern, ihn nach Belieben, und er verbrächte sein ganzes Leben im Schloß, rechte morgens die Allee um den runden Turm. Ein Lebtag lang hörte er unter seinen Sohlen den Kies knirschen, tagaus, tagein unter Blätterwerk, er könnte auf dem Rasen gehen, um den Tee zu bringen, und nie wäre ihm kalt. Man nähme ihn mit auf Reisen, in die Bäder, er kümmerte sich um das Gepäck, äße in warmen Küchen, an Holztischen, und promenierte in dem Thermalpark, wenn die Herrschaften woanders sich aufhielten, wobei er an das Schloß dächte, an sein eisernes Bett in dem Türmchen, von wo der Blick abwärts ging auf die Alleen; er wäre diskret, treu und brauchte sich keine Sorgen zu machen.

Er hatte schon glanzlivrierte Domestiken gesehen, die Körper verhutzelt vor Dienstbereitschaft, mit schmalen Händen, und er hatte sie beneidet. Wenn sie die Augen schlossen, hörten sie, vielleicht, alle die Stimmen, die erklungen waren, sahen vielleicht auch den Tennisplatz, wie er nach und nach in den Schatten sank. Die Körper, die Gesten der andern, ihr Sonnen- oder Windnachmittag waren ihre höchstpersönlichen Erinnerungen geworden, das Zu-Diensten-Sein hatte sie bereichert.

Hinten dort – mit dem Rad war es kaum eine Minute – der Mann und die Frau. Sie, die ihn für einen jungen Herrn gehalten hatten, mußten das nun bezweifeln, und hätte man ihnen alles erzählt, wären sie nicht überrascht gewesen, ihn angeschirrt zu sehen, gekrümmt, den Karren ziehend, auf den das Gepäck der Neuen geschichtet wurde, wären nicht überrascht gewesen, ihn gekrümmt zu sehen, während der Aufseher ihm die Hüfte gegen den Tisch drückte.

Er hatte sich die Dienerschaft vorgestellt, als im Heim die Direktorin verkündete, es müßte über seine Zukunft beraten werden: sie hatte um sich den Verwalter, den Dorfpfarrer und jenen Aufseher versammelt. Der Pfarrer zeigte sich bereit, ihn auf einem Hof unterzubringen oder im Kleinen Seminar von Thônes: dort wäre er im Geruch und in den Gesängen der Frömmigkeit, schon mit einer Soutane bekleidet, berauscht von den Züchtigungen. Er mußte es wissen, die jungen Seminaristen wurden beständig und streng bestraft.

Der Verwalter sprach seinerseits von Erziehungsanstalt. Er kannte eine – so überbot er den Priester –, wo man ihn ohne weiteres hineinstecken könnte, dort würde er noch härter bestraft. Sie befand sich irgendwo in der Ebene, in der Umgebung von Bourg-en-Bresse.

Der Aufseher, wie mitleidig, tat, als setze er sich für ihn ein, seine Strenge machte ihn unverdächtig. Aber was hatte er zu fürchten von seinem schweigenden Opfer?

So entschied man, ihn zu behalten: Er würde dienstbar sein und daneben lernen. Das vor der Deportation bewahrte Kind sollte Abiturient werden. Die Zeitungen würden davon berichten, das Heim bekäme Nachschub.

Vor Dankbarkeit außer sich, war er an diesem Abend gefügiger denn je, eine seltsame

Beruhigung breitete sich in ihm aus, eine ernste Freude, ein neuartiges Jubilieren. Begeistert verwandelte er sich in einen Domestiken, kostete das Heil, an welches er unablässig erinnert wurde.

An die Granitwand des Eislaufplatzes, in Augenhöhe, waren indigoblaue oder braunschwarze Plakate geklebt worden, unterteilt von Photoserien aus den Konzentrationslagern, Leichen, Berge von Haaren und Brillen. Sie waren schlecht gekleistert, in den Falten wellten sich die Kadaver; als hätten die Plakatkleber sich ihres Tuns geschämt.

Auch er schauderte bei dem Anblick vor Scham, und er erinnerte sich an den Lastwagen in der Platzmitte, mit den seitlich offenen Wänden, wie sie herabhingen gleich großen Tüchern. Jene Leute, die da einstiegen, unter dem Beistand des kleinen, freundlichen, zuvorkommenden Mannes im Grünledermantel, sie fügten sich, schienen besorgt, ob sie auch hinaufkämen, wollten nichts verzögern, bemühten sich, nicht aus dem Rhythmus zu fallen, beunruhigt, den kleinen Mann ungeduldig zu sehen, mit ihrer Ungeschicklichkeit einem andern eine Last zu werden. Ihr Abtransport hatte sich immer neu in ihm wiederholt, das Rütteln des Lasters, die vorbeiziehende Landschaft, wie bei einem Ausflug, der Eisenbahnwaggon, das Übrige: ungreifbar, jedoch die inneren Umrisse vollkommen scharf, der letzte Raum, ein Raum wie die andern. Man hätte ihn da seiner allzeit zu großen Kleider entledigt, die ihm über die Handgelenke hingen, er hätte gestaunt über seine freieren Bewegungen.

An dem Hügelhorizont, fern unter der untergehenden Sonne, bezeichnet eine blaue Linie das bis dahin reichende Waldtal. Das einzige Geräusch kommt von der Holzkiste des jüdischen Hausierers, den die Bauern verfolgen, die Gabeln gezückt. Mit zwei Lederbügeln ist sie an seinem Leib befestigt. Frühere Fluchten haben sie an den Rändern gestriemt und gebuchtet, doch die Reisen, der Gebrauch, haben die Stellen immer wieder auspoliert, sie gerundet, die Kiste ist ein solides Ding, beinah wie das Werk eines Kunsttischlers.

Im Innern hört man die Gegenstände aufeinanderschlagen, ein dumpfes schweres Geräusch. Wo das Unterholz dichter ist, schabt sie an den Büschen, und die Ware drinnen wird weniger gerüttelt: die Nähutensilien, die Knopfpackungen, die Garnspulen, die Nieten, die Würfel, die Spielkarten, die Scharniere, die Stifte. Für seinen kleinen Sohn hat der Hausierer einen kolorierten Bleisoldaten gekauft, eingewickelt in Seidenpapier, und jetzt muß er immerzu daran denken, das Gerüttel könnte ihn zerbrechen und wie das Kind darüber traurig wäre. Manchmal wird das Aneinanderschlagen der Sachen gemildert von den Bildern aus dickem Papier mit den großen farbigen Handdrucken, verstärkt von schwarzen Umrißlinien, Szenen aus der Mythologie oder der Bibel. Auf seiner Flucht sieht der Hausierer die vielen Orte wieder, wo er vorbeigekommen ist, die Wegränder, an denen er Rast gemacht hat, die gekalkten Zimmer, in denen er geschlafen hat; auf seiner Flucht versteht er es, den Zweigen auszuweichen, die das Gesicht peitschen, er weicht aus, mit Körper und Kiste zugleich, um nicht aus dem Gleichgewicht zu geraten.

In der abendlichen Stille das Knacken der Äste und die Stimmen der Verfolger, einander rufend und befeuernd. Am Ende des Waldes wölbt sich die weite Wiesenfläche auf, an deren

Kippe wieder ein Wald beginnt. Da kann der Hausierer frei dahinrennen, ohne sich bücken zu müssen, und in dem schnellen Lauf knallen die Sachen in der Holzkiste aufeinander, daß es auf dem offenen Feld widerhallt von den Hügeln, ein trockenes dumpfes Geratter. Der Hausierer sieht alle Einzelheiten, das Gras, die nackte Erde, die Steinchen –, käme er eines Tages hierher zurück, so erkennte er sie ohne Trug wieder, wenn auch ein jedes weitere Mal, da es gut ausginge, schlechter, bis das Vergessen alles auslöschte.

Die Landschaften sind ohne Gedächtnis, und es braucht die Hand eines Menschen, die ein Schmiedeeisengitter um ein kleines Viereck aus totem Laub stellt zu dem Wissen, daß hier ein Hausierer gestorben ist, erschlagen mit Knüppeln und mit Gabeln, am Saum des Waldes, oberhalb des Hangs, dort wo durch die Bäume nah die Hügel durchscheinen, die offene Landschaft. Vielleicht, daß die großen farbigen Handdrucke, die von den schwarzen Umrißlinien verstärkten, seit Jahrzehnten und Jahrzehnten, vielleicht auch Jahrhunderten, in den Bauernhöfen des Sundgaus, des Hunsrücks oder Württembergs hängen.

IX

Vor Cuxhaven zieht das Meer in die Weite, hinter einer Palisade aus blauen Masten. Mitten in der See steht ein Turm, auf Holzstützen hoch wie Bäume. Bei Ebbe bleiben seidigglatte Flächen zurück, durchschnitten von Rinnsalen, in denen die Sonne sich spiegelt. Der Turm ist zusammengesetzt aus Eichenstämmen, untereinander mit Balken verbunden. Eine Leiter führt hinauf. Früher war das eine Zufluchtsstätte für Segelschiffe, die Schiffbrüchigen warteten da auf Hilfe.

Nach langen Reisen fielen jäh die Stürme über die Schiffe her und trieben sie zu den Untiefen, während in der Ferne entlang den Straßen, in der Stille des Abends, die Baumreihen dastanden, die Schiffbrüchigen, umzingelt vom Meer, sahen sie. Der Turm erhebt sich hinten im Himmel, schon fern blau, trotzdem zeichnen sich Einzelheiten ab, das hölzerne Geländer und das Kreuzmuster der Pfosten. Jenseits fahren die Schiffe ein in die Elbe, so weit weg, daß sie noch gleichmäßig dahinzuziehen scheinen, indes in Wirklichkeit sie sich schon verlangsamt haben für ihre Ankunft.

Manchmal tauchen mehrere Schiffe gleichzeitig auf. Versuch, die Städtenamen am Heck zu lesen, Vorstellung unbekannter Häfen, Kathedralen oder Bergen, die sie überragten, norwegischer oder südamerikanischer Häfen; so klein, daß der Überseedampfer am Pier sie vollständig verdeckte.

Bei der Einfahrt in die Städte, sowie die Gleise sich vervielfältigen und das Schienenfeld groß wird wie ein ganzer Platz, zeigt sich, zwischen zwei Gebäuden, in einer Kurve plötzlich jener Turm der Hauptkirche, dessen Bild man so oft schon betrachtet hatte: dunkler und kleiner als erwartet, ein wenig schräg zum Verlauf der Gleise. Er, am Fenster des Zugs, stellte sich ein jedesmal vor, die Türme Hamburgs zu erblicken in der Klarheit des Abends, welche deren Öffnungen durchwirkte: St. Nikolai, schwarz und ocker, St. Katharinen mit den grünen Dächern, eins überm andern.

Einige dieser Türme hatte er bestiegen. Es begann unten in den Kirchenschiffen immer ähnlich: eine Tür, eine kleine, in der mächtigen Mauer, aus dickem Holz, und die Wendeltreppe, eng und enger, wo schon leicht der Wind zu spüren ist, der den ganzen Turm beherrscht. Man bewegt sich in einer senkrechten Luftsäule, und manchmal führen zwischendurch Galerien zu schwindelerregenden Räumen, die tief unten begrenzt sind von dem kleinwinzigen Pflaster des Schiffs. Durch eine Grotte aus grauen Schrägbalken, in deren Mitte die Glocken hängen, gelangt man unversehens hinaus über den Dachfirst und durch eine rechteckige Öffnung, den Himmel um sich, auf einen engen Steinbalkon. Die Turmspitze zieht hin unter den Wolken.

Zuweilen nähern sich Quadertürme den Gleisen, mit Balustraden wie eine Brücke, oder überragt von Häuschen oder Rundtürmchen, oben auf den Turm gesetzt, so als stünden sie auf dem Erdboden. Von oben geht es, windschleiert, wie ins Unendliche. Die Stadtdächer weisen hinab zu unsichtbaren Straßen, die weit draußen übergehen in weiße Chausseen. Rund um die Stadt die Ebene, die dann schon blaut und flach wird wie das Meer. Mit dem Finger versucht man, jene unbekannten

Gegenden herauszuspüren, jene Reisen, wo Fluß nach Fluß einen zurückbringt zu den Stätten der Kindheit, bis hin zu dem Elternhaus, wo die beiden Wände mit der lichtgrünen Tapisserie gleich weit weg sind von der Hand, welche das Glas hält mit dem Ei darin, dessen gelbe Rinnsale schon stocken, während das Weiß in Flocken abfällt von den ins Eigelb getunkten Brotbrocken, von der Zunge genießerisch gegen den Gaumen gepreßt; der Mund kostet die Essenz des Eis, füllt sich mit dessen Aroma.

An jenem Tag, im Jahr 1937, hatten sie die U-Bahn genommen, um die Arnthals in Ahrensburg zu besuchen. Der gelbschwarze Zug fuhr zwischen sehr hohen Häusern, deren sämtliche Fenster hinaus auf die Gleise gingen; allmählich durchquerte man Gärten, Einfriedungen, Birkenhaine, dichter und dichter an den Schienen. Zugleich befand man sich weiterhin in der U-Bahn, wie in einem Fragment der Stadt, welches unterwegs war auf dem freien Land. Ankunft in einer großen düsteren Ebene, auf deren einen Seite alle die Türme der Stadt, aufrecht, still, himmelwärts. Gegen

Norden war der Horizont gemustert von Baumkronen, die Stämme schon unsichtbar. Eine Eisenbrücke ragte nah auf und führte nirgendwohin – eine Bahnstrecke in Bau, mitten in der Heide.

Man nahm einen grausandigen Weg. Der Onkel Arnthal hatte sie in seinem Opel, mit den eingebauten Scheinwerfern, abholen wollen. Dann, auf einer völlig geraden Strecke mit schwarzer Erde, blieben sie stecken in einem dicken tiefen Schlamm. Ringsum sah er da, unter dem riesigen, schon gelben Himmel, die Heide, gesäumt allseits von graustämmigen Kiefern: vertrocknete Bäume, tote Kronen. Diese Ebene, scharf durchschnitten von den Kiefern, wäre der Platz für ein Konzentrationslager, man ahnte den Stacheldraht, den festgestampften Boden zwischen den Blökken.

Eine Zeitlang davor hatte in der Küche seines Geburtshauses die Aufräumefrau zu ihm gesagt: »Wenn du nicht artig bist, kommst du ins KZ.«* Er hatte den Stacheldraht sich kreuzen sehen in den Himmelsausschnitten der

* deutsch im Text.

Fensterrahmen, und wenn er mit dem Rad hinaus aufs Land fuhr, auf den graustaubigen Wegen, äugte er nach den Orten, wo Konzentrationslager sein könnten. Ein Gerücht ging um im Dorf; zu Mittag seien auf den großen brachen Feldern Männer festgenommen worden, er hatte sie oft am Abend auf der Straße gehen sehen, und jetzt waren sie nicht mehr da.

Die Sonne war untergegangen, riesenhaft rot hinter den Kiefern, während das Auto weiterhin im Schlamm steckte und die Erwachsenen ohne Unterlaß um es herumkreisten. Und irgendwo, das wußte er, war ein Konzentrationslager: 1937, Zäune in der Ferne, hinter denen sich Geheimnisvolles und Schreckliches begab.

Bei der Rückfahrt von Cuxhaven sah er, am Bug des Schiffs, allmählich das Land vorrükken gegen den Strom. Die Mädchen waren nicht auf dem Schiff, er hatte nichts zu befürchten.

Das Schiff bewegte sich elbeaufwärts, in dem lächerlichen Rhythmus seiner Maschine, ein gleichsam unangemessenes Geräusch, kurz, zu dünn für so viel Volumen, regelmäßig unter einem kratzend. Und obenauf all diese Leute, die sich zugleich da eingefunden hatten, in ihren hellen Kleidern. So viel Metall, Wissenschaft, Berechnung, so viele Nieten, Bretter, Bänke, so viel Ernsthaftigkeit auf diesem weiten Wasser für eine Spazierfahrt: Er schämte sich, mit dabeizusein und vielleicht gesehen zu werden vom Ufer aus. Da stand man, vor den Augen der andern Passagiere, und indessen verschwanden nach und nach die grünen Dämme am Flußsaum, und Hügel zeigten sich, mit Häusern darauf.

Jäh setzte irgendwo die Musik ein, im Innern des Schiffes, wie der Begleitklang dieser stählernen Schwellung, die im Wasser vorantrieb. Auf dem Zwischendeck bewegten Männer in granatroten Jacken die Oberkörper, fuchtelten mit den Armen, schüttelten die Köpfe, handhabten die Instrumente, während die Unterkörper reglos auf ihren Stühlen blieben. Sie mühten sich, und nichts geschah, es kam aus ihnen nur dieses groteske Geräusch, und darüber die Gesichter, die nichts zu schaffen hatten mit der Musik und mit den Gesten. Im übrigen stimmten die Gesichter nie überein mit den Tätigkeiten. Einer der Musiker spielte

Saxophon, er war bejahrt, weiße Haare und rote Wangen: er hatte also alle die Jahre durchlebt, ohne daß man etwas wußte von diesem Gesicht und dem Saxophon da, von Stadt zu Stadt, von Saal zu Saal war er gezogen, so lange schon, und man hatte nichts davon gewußt. Und all die Musik, die aus dem Körper gekommen war, der da saß und sich abmühte. Musik über dem Wasser.

Hätte er das Ein-Mann-Orchester sein können, das ihm eines Tages begegnet war, wäre auch er von Dorf zu Dorf gezogen; vor den Häusern, auf den Plätzen hätte er gespielt mit Füßen und Händen, ein Musiker vom Kopf bis zu den Zehen, und ganz aus sich heraus. Schüttelte er den Kopf, tönte ein Glöckchenbaum in seinem Rhythmus. Mit den Füßen schlug er die Trommel und spielte die Zimbeln, und mit den Händen das Akkordeon, sich begleitend mit einer Mundharmonika, die an einem Gestell vor ihm befestigt war. Es gab an ihm keinen Platz ohne Musik. Er schallte so von Straße zu Straße, für die andern war er der Schall, den er hervorrief, blicklos, als ginge es da nicht um ihn. Er war umkleidet von einem Gehäuse aus Metall, auf dieses waren die Instrumente montiert, die er spielte. Man wurde seines Anblicks nicht müde; seiner selber ledig, bildete er eine Zuflucht, war eins mit seiner Erscheinung, war das, was man von ihm sah und hörte. Es schien, als sei er ein Möbelstück, Lade um Lade, an einer Wand, und das von dem einen Ende seines Selbst zum andern. Zuweilen lehnte sich jemand so an einen, eine Hand legte sich auf die Marmordeckplatte. Und man selber stand da, unter solcher Berühhrung, auf vier geschnörkelten Füßen, welche ausliefen in Messingpranken. Man war dieses geblümte Kanapee mit den Polsterchen am Rücken, ganz Erwartung, lang und weich, unverrückbar seine eigene Form, und andere setzten sich auf einen, zu zweit oder zu dritt, Seite an Seite, schwarze Wärme, unter der man nur noch Reglosigkeit war.

Nach der Züchtigung, am Abend im Schlafsaal, näherten sie sich ihm, so leise, daß er sie jedesmal überhörte, sie banden ihm die Hände an das Kopfende des Betts und setzten sich ihm auf das Gesicht, und er fühlte die verfließenden Umrisse in dieser heißen Weichheit, die ihn zuschnürte, ihn einschloß. Nichts anderes war er mehr als: Sitzplatz. Sehr hoch über sich hörte er reden und lachen, wie quer durch den eigenen Körper hin. Der auf seinem Kopf hockte, tat nach Belieben, bewegte sich, veränderte die Position, während in ihm ein unendlicher Friede einzog; so war er in Sicherheit, die Angst los.

Es war seit jenem Oktobertag im Jahr 1943, als die Deutschen ihn gesucht hatten, daß er sich losgelöst fühlte, oder vergraben, tiefer, an einem bestimmten Punkt seiner selbst, den er freilich nicht benennen konnte. Es war, als überflöge er sich ständig, als schwebte er über sich selber. Später erfuhr er, der Offizier habe bloß so getan, als erkennte er ihn nicht, »ein Kind«. Er war fünfzehn. Er hatte sich geschämt, er selbst zu sein.

Dann hatten die Bauern ihn zurückgeschickt, aus Angst, nach der Landung der Alliierten.

Er wiederholte den Weg in die andere Richtung, hin zum Kinderheim. Beim Gehen hatte er gewinkt, in der Hoffnung, er würde zurückgerufen, und er hatte sogar mit der Vorstellung gespielt, von den Deutschen festgenommen zu werden, damit man sich deswegen ein lebenslanges Gewissen machte. Es war wie bei den Züchtigungen: bei seinem Selbstmord stünde die Direktorin händeringend über seinem Leichnam. Er genoß es, sich tot zu sehen am Fuß eines Felsens. Die Bauern hatten ihm erklärt, bei ihnen sei er nicht mehr in Sicherheit, er sei gemeldet worden, und er hatte ihnen geglaubt.

Unterwegs hatte er sich, bei dem leisesten Laut, im Wald versteckt. Auf der Straße dann ging er, als sei er jemand anderer, in der Hoffnung, in den Weilern unerkannt zu bleiben. In der Unermeßlichkeit des Gebirges war er allseits sichtbar, die Beine waren angststeif. Er suchte Zuflucht unter den Balkonen der Chalets, um wieder zu Atem zu kommen und sich den Anschein eines Spaziergängers zu geben, eines einzelnen Ausflüglers. Der Gesuchte, das war nicht er. Hätte man ihn ausgefragt, so wäre seine Antwort gewesen: Ich kenne den nicht, ich weiß nicht, von wem die Rede ist. Er war es nicht – doch alsbald schloß sich das Eishaus der Angst um seine Träumerei. Er war unfähig zu einer Finte. Weder hatte er eine Familie in den Savoyen noch Cousins im Burgund, man sähe es sofort: Er war von dunkler, zweifelhafter Herkunft. Ihn auszulöschen, das war nichts als recht, besonders mit seinen Angewohnheiten, für die er schon so sehr bestraft worden war. Seit Monaten allerdings war er »brav« gewesen, sicherlich verschonte man ihn, wenn er sich nicht »berührte«, er betete den Rosenkranz mit den übrigen, die Bauern konnten es bezeugen. Er glaubte sogar »felsenfest« daran. Alles war gut, wenn es ums Überleben ging. Unter seinem Balkon schüttelte er sich vor Angst und Abscheu zugleich. Und doch hätte er ein anderer sein können, wie jedermann.

Kaum zeigte sich jemand weit weg, preßte er sich gegen den Hang und rührte sich erst lange Zeit später. Manchmal gelang es ihm, sich zu vergessen und als einen andern zu sehen, als ein freies Kind. Als das Heim erschien, wie eine finstere Festung, welche die Straße bewachte, bildete er sich ein, die Gefahr sei nun vorbei.

Doch auf der Stelle kam wieder die Angst; knickten ihm die Knie: die Deutschen würden zurückkommen. Er stand im Büro der Direktorin, wo er sonst gezüchtigt wurde. Er stand da wie irgendein anderer, mit den

Gesten eines andern würde er vielleicht unkenntlich. Aber es war er, um den es ging, seinetwegen dachte man nach, beunruhigte sich, und trotz der Angst fühlte er seinen Körper, grotesk, unter sich, Schicht um Schicht. Die Direktorin griff plötzlich zum Telephon, kurbelte und verlangte den Dorfpfarrer: Sie erklärte, und er betrachtete sie, wie sie zuhörte, er vernahm die sich ändernden Stimmen am Ende der Leitung, eine Zeit verging, dann sah er sie lächeln, und die Angst ließ von ihm, löste sich von ihm, als würde ihm ein Betonkleid abgenommen. Sie beschrieb ihm den Weg, damit er nicht zu fragen brauchte. Es war das ganze von den Deutschen besetzte Dorf zu durchqueren, doch gerade das schützte ihn, man würde ihn nicht verdächtigen. Der Pfarrer hatte am Telephon gesagt, er könne nichts tun, er sei Kollaborateur, holte dann aber seinen Kaplan dazu, der in der Résistance war.

Als er ans andere Ende des Dorfs kam, fand er unverzüglich den von dem Kaplan angegebenen Hof, auf dem Gegenhang, hinter einem Vorhang von Fichten, er wäre da unsichtbar; und der Bauer zeigte ihm den erhöhten Getreidespeicher, unter dem er ihn versteckte für den Fall einer Durchsuchung: es lagen Bretter wie Nägel bereit zum Abdichten des Raums zwischen Speicherboden und Erde.

X

Oberhalb von Bléquencourt säumt der Weg den Park, an den Bäumen wächst hohes Gras und Moos. Ein kaum merklicher Damm bildet winzige aufeinanderfolgende Landschaften, wo die hellen Graswirbel die runden Blätter verdecken, welche geradewegs aus der Erde sprießen. In Augenhöhe geht der Blick nach und nach ins Parkinnere, mit einem Wechsel aus sonnigen Durchlässen und dunkelschattigem Unterholz. Jenseits, beinah außerhalb des Blickfelds, öffnen sich die Felder, und zur Linken stößt, weit weg, die Spitze des Parks vor in die Ebene wie ein Vorgebirge.

Im Verlauf des Saumwegs am Park wird der Wald lichter, tritt dann zurück hinter Wiesen mit grünstämmigen Bäumen am Rand, in regelmäßigen Abständen, zulaufend auf noch entferntere Baumreihen, und von Allee zu Allee erweitern sich die Horizonte, und die Brust wird eng bei der Vorstellung von der Unermeßlichkeit der Welt.

Diese Alleen, unter der starken Sonne, gekreuzt von Schatten, führen zu den hintersten Gegenden, so als durchliefe man, mit einer einzigen, zugleich alle vergleichbaren Alleen, so als seien da die Erinnerungen, die Geräusche, die Erscheinungen von einst zurückgeblieben als beständige Spur.

Fünfzig Jahre zuvor war er mit seinem Vater in einer entsprechenden Allee gegangen, und es hatte ein Stolz ihn erfüllt, von einer Schulter zur andern, da zu gehen mit diesem Erwachsenen, der mit ihm sprach, der seine Stimme erhob und Worte eigens für ihn gebrauchte, sogar voraus war er gelaufen, um ihn zu sehen, wie er war mit einem Kind, diesen Mantel, diese Schuhe, diesen Hut und das Gesicht, alles das, das war der Vater, der seine. Eines Tages hatte er ihn sogar gesehen, ohne daß der es wußte: er war der gleiche geblieben, der und der, auch wenn man nicht da war. Und tauchte man plötzlich auf, so änderte er sich nicht, und das war es, was ihn derart verwundert hatte: alle die Erwachsenen, die durch die Jahre sie selbst geblieben waren, und man hatte davon nichts mitgekriegt.

Eines Tags sah er ihn im Bahnhof, hinunter

zum Schalter gebeugt, für ihre Fahrkarten nach Hamburg: er stand da unter dem gläsernen Vordach, draußen und zugleich drinnen, geschützt, so wie er sich selber niemals gesehen hatte.

Die Bille, am Grund des Tals, ist umgürtet von Schilf. Zuzeiten fächert der Wind das Schilf auseinander und gibt den Blick frei auf den ganzen Fluß. Da war es gewesen, daß er seinen Vater an der Bar des kleinen Cafés mit dem mützengleichen Teerdach sah. Er beobachtete, auf die Theke gestützt, durch das Fernglas einen Eisvogel, immerzu die Schärfe nachziehend, denn der Vogel geriet ihm ständig aus dem Bild. Zugleich schlug das Schilf an die Wände des Cafés.

Er hatte ihn auch auf dem Rad vorbeifahren sehen, ein dicker runder Körper auf einem dünnen Gestell. Oder: Er stellte seine dreifüßige Staffelei im Garten auf und zeichnete mit Pastell die blühenden Bäume. Man sah die Landschaft um sich und erkannte sie zugleich wieder, trocken, starr und winzigklein, auf dem Viereck der Mappe. Und er mußte lachen über die Tatsache, daß alle die Wiederholungen ein und desselben Körpers seinen Vater ausmachten.

Die ersten Jahre im Heim begleitete ihn auf seinen Spaziergängen das Bild seiner Eltern. Vor der mächtigen Wand der Aiguilles-Croches stellte er sich vor, wie sie, jetzt gerade, ankämen, hintereinander, zuerst der Vater mit seinem Hut, danach die Mutter im hellockerfarbenen Mantel und braunen Fellmuff. Dann hatte er sie allmählich von sich weggerückt. Als er vom Tod seiner Mutter erfuhr, fiel die Scham von ihm ab. Zuvor, sooft er gezüchtigt wurde unter den Augen der andern, wollte er seine Eltern tot, wollte sie niemals wiedersehen. Beim Schreien, Umsichschlagen, Aufzucken, Flehen, Rutschen im Kreis um die gefesselten Gelenke rief er kein einziges Mal sie zu Hilfe, und danach, in seiner Verzweiflung, wünschte er ihren Tod, damit sie nichts von dem allen erführen; er hatte sich aber nie gewünscht, er würde nicht bestraft.

Als er dann an den Dorfmauern jene Photos sah, lähmte ihn die Scham genauso, wie wenn er, eingeschlossen in der Toilette, sich das Gesicht streichelte, um zu erfahren, wie es war, gestreichelt zu werden. Er hatte anschauen müssen, was ungesehen bleiben sollte, Erwachsene photographiert, wie sie niemals gewesen waren, stieren Blicks, tot, übereinandergeworfen, mit vertrauten Gesichtern, welche doch Bäume und Wolken wahrgenommen hatten. Er schauderte, sein Rücken krümmte sich nach innen, als er las, daß sie geschlagen wurden auf einer Estrade: fast hätte er aufgebrüllt vor Scham bei dem Gedanken, auch sein Vater sei so geschlagen worden. Er wünschte sich tot, damit das nicht wahr sei; wollte im Erdboden verschwinden, unter dem Schotter.

Dann, an einem Julitag 1945, kam die Nachricht vom Roten Kreuz: sein Vater hatte überlebt, er werde von Theresienstadt nach Reinbek bei Hamburg zurückkehren; ein großes Gerücht, das aus dem Osten kam, aus jener Ferne, die still sich erstreckte, begrenzt von dem Himmel, jenseits des Mont-Salève, ein nur zu ahnender Streifen, die Ebene, wo die Züge zu Häusern führten, und sein Vater befand sich in so einem Haus, dunkelgekleidet.

Mit verhaltener Stimme wurde rings um ihn davon gesprochen: »sie«, »ihnen«. »Sie« wurden vergast, man riß »ihnen« die Goldzähne aus, »sie« wurden gezwungen zu laufen, bevor man sie umbrachte. Diese Wörter im Ohr, ging er gleichsam gebuckelt: »Er hat vielleicht gelitten«, allein solch ein Satz genierte ihn so, daß er sich auf die Zehenspitzen stellte, sich schüttelte vor Ekel: sich schämen vor aller Welt!

Dann gab es noch andere Bilder: nackte Körper, die man mir nichts, dir nichts photographiert hatte, wie Schemel oder wie Fahrräder; Körper, die ihre Nacktheit immer versteckt halten.

Als er wieder hinaufgegangen war zu dem Kinderheim, nützte es nichts, daß er sich kniff und zwickte, bis ihm die Tränen kamen, bis aufs Blut; daß er auf einem Bein ging, sich Fausthiebe versetzte – das Bild wich nicht von ihm: einer dieser Kadaver hätte sein Vater sein können, er stellte sich ihn vor, wie er »erduldete«. Die Hände auf die Augen gedrückt, um es nicht mehr sehen, nicht mehr daran denken zu müssen, an jene unscharfe Photographie eines vielleicht kahlköpfigen Mannes, das Gesicht kaum zu unterscheiden, im Profil, vorgeneigt. Er schien im Straßenanzug, hing mit den Armen an einem Baum, der Oberkörper vornübergefallen, und ein bemützter SS, ihm gegenüber, schaute zu, wie er hing. Die Äste des Baums waren unverändert geblieben, nichts war geschehen, keine Erde hatte gebebt, keine Felsen hatten sich gespalten, keine Gräber sich geöffnet, kein Himmel hatte sich verfinstert.

In der Stille des Nachmittags, in der kubischen dicken Hitze des Speichers mit den schrägen Balken, ging man gekrümmt unter dem engen Dachraum. Überall sonst standen indessen alle die Stühle und warteten unerschütterlich, mit ihren vier Beinen, daß man sich auf sie setzte, und es existierten Straßen, Täler, Ufer, während ihm die Hände an die Balken gebunden wurden und er sich auf die Matratze knien mußte. Danach stieg er ein jedes Mal zurück da hinauf – jene seltsamen Momente von Freiheit in den Heimen, wo man tun und lassen konnte, was man wollte – und betrachtete in der Sommerhitze die Reglosigkeit des Balkens, an dem noch das Hanfseil hing, und den Abdruck seiner Knie auf der Matratze. Daß sein Vater ihn jetzt sehen könnte, ließ ihn schaudern. Er schämte sich, nicht mehr Waise zu sein, und bedauerte auf einmal, daß sein Vater lebte. Er stellte sich ihn in weiter Ferne vor, im gestreiften Anzug.

Es gab da auch jene Bilder, auf die er gestoßen war zu seinem Schock, erst flüchtig gesehen, dann immer wieder neu ins Gedächtnis gerufen. Die im Dorf plakatierten gerieten ihm jedesmal ganz aus dem Sinn; nach jedem Wiedersehen vergaß er sie. Das freilich aus dem zweibändigen Lexikon, fast überblättert, hatte sich ihm eingeprägt mit allen Details: ein junger nackter Mann, kaum bekleidet mit einem sehr schmalen Stoffstreifen, saß auf etwas wie einer Pyramidenspitze. An Armen und Beinen hingen ihm schwere Steine. Sein Schenkel lag auf der Flanke der Pyramide. Die hölzerne Spitze, auf welche man ihn gesetzt hatte, überragte eine Art von Mast, gestützt von schrägen Balken. Das Gesicht des Verurteilten, die Haare wie windzerzaust, war zu Boden gesenkt: mag sein, daß er vor seinen schmerzgetrübten Augen unter sich diese Balken sah.

Der gefolterte junge Mann, das war er. Der Halbwüchsige von Herculanum, das war auch er. Einer von seinen Kameraden trug ihn nackt auf dem Rücken, während der Schulmeister ihn mit Ruten schlug. Er war zu sehen im Profil, das Oberkleid hinaufgeschoben über die Schultern, der Rücken vorgewölbt, den Ruten gleichsam hingegeben. Ein anderer Schüler, gekrümmt, ein Knie auf der Erde, hielt ihm die Knöchel fest. Das Gesicht des bestraften Kindes ist zum Beschauer gewendet; die Szene spielt unter einem Portikus, im Freien.

Dieses Bild hatte er in seinem Lateinbuch gefunden. Sein ganzer Körper zuckte dabei zusammen. Eine Freude überkam ihn, eine starke: sich derart zu sehen, vor zweitausend Jahren, so wie er war. Manchmal freilich, wenn er sich wälzte unter der Gerte, zwang er sich, an die Photos im Dorf zu denken, um schneller in Tränen auszubrechen und die Züchtigung abzukürzen; ohne Scham ließ er an sich die tote Mutter vorbeiziehen, oder jene ausgehöhlten Gesichter mit den gebleckten Zähnen, aber das führte zu nichts: wer ihn zum Weinen bringen konnte, das war einzig er selbst.

Der Platz ist leicht geneigt, die Pflasterung unregelmäßig. Man überquert ihn, um das Brot zu holen. Zwei Straßen treffen da zusammen, die eine vom Berg, die andre, gesäumt mit Häusern, führt ins Dorf und läßt es als eine Stadt erscheinen.

An jenem Herbsttag des Jahres 1944 kamen Beine ans Ende des Platzes, wo Helligkeit und Schatten einander rasch abwechselten, sie kamen eilig, die Schritte kurz, und kündigten so das Ereignis an. Obenauf waren Körper, und dazwischen schleppte man eine Frau im lichten Kleid. Jemand trug einen Schemel, und dann sah er sie, wie sie vor ihm saß, mitten auf dem Platz, auf jenem Möbelstück draußen im Freien. Er war umgekehrt, tat, als wollte er herausbekommen, was da passierte. Es war das Gesicht, von dem er nicht wegschauen konnte, jenes Gesicht oben auf einem Leib, der sich wand. Das Gesicht schrie.

Die Arme der Frau wurden auf den Rücken gedreht, unter einem allseitigen Gelächter, die Haare wurden ihr geschoren, wobei man ihr mit dem Ellbogen den Kopf oben hielt. Sehr schnell zeigte sich der Schädel, klein, rund, weiß, und die Frau weinte.

Er floh, lief, kehrte um, wußte nicht, was tun. Verzweiflung und Grauen leerten gleichsam sein Inneres, und zugleich verharrte sein Blick auf dem Gesicht, wie um in sich einzusaugen, was er wahrnahm, dabei aber er selbst zu bleiben.

Sie wurde sichtbar, kahl, weiß, der Kopf glänzend, zu klein, sie rannte, schreiend vor Angst und Scham, an die Menge rempelnd, hin- und hergestoßen, bis sie endlich sich einen Weg bahnte und verschwand hinter einem Haus.

Da wußte er, daß alles, was die Photos zeigten, eingetreten war, weil er sich nicht auf diese Leute geworfen und sein ganz leis gemurmeltes »Schweine, ihr Schweine« nicht lauthals herausgebrüllt hatte. Hätte er sich eingemischt, er wäre zu ihr hingelassen worden, alle wußten, erst vor einigen Tagen war er zu seinem Überleben beglückwünscht worden. Er hätte die Masse durchquert, hätte die Frau an der Hand genommen, und die Geschichte der Welt wäre eine andre geworden. Es war anders gekommen, weil er sie nicht an der Hand nahm.

Am Ende des Parks von Bléquencourt, wo man umkehrt, nach Pouilly, zeigt eine einzelne

Eiche, der Stamm verschwunden im Laubwerk, den Ort an, wo die Wege auseinandergehen. Man nimmt den, der im rechten Winkel um den Park führt. An dieser Stelle ist die Hecke so dicht und so fein geschnitten, daß die Hand sie beidseits umgreifen kann: und von demselben Punkt ziehen sich die Landschaften hin, Distanzen, Fernen, Baumreihen, die sich zum Horizont hin bündeln. Ganz hinten senkt sich ein Hang hinab zu einer Mulde, und dort auf der Flanke steht ein kleines Haus mit einem Satteldach, mit einem Garten davor, wobei einem jener kolorierte Druck in den Sinn kommt, vor vielen Jahren geklebt auf das Vorsatzblatt eines Buchs: ein junger Baum, Blatt für Blatt sich abzeichnend vor dem hellen Abendhimmel. Die ganze rechte Seite des Bilds wird eingenommen von dem Sonnenuntergang und einem blauen Hügel, an dessen Fuß eine Kapelle und ein Haus mit einem Satteldach. Jene Reproduktion ist nur ein Ausschnitt eines flämischen Gemäldes aus dem sechzehnten Jahrhundert. Der Wind geht durch die Talmulde und spitzt die Blätter der Pappeln.

Es scheinen dieselben Pappeln zu sein auf

jenem Photo dann: dort die eine hinter einem Drahtzaun aus Rautenmaschen. Ganz links im Bild ein vollkommen kubischer, sorgfältig behauener Holzpflock. In der Verlängerung des Pflocks eine andere Pappel, gerüttelt vom Wind. Der Hauptteil der Photographie freilich wird eingenommen von zwei Kindern, Rükkenansichten, ein kleiner Junge mit grauer abgewetzter, von einer Naht umlaufenen Mütze. Das Kind trägt einen schwarzen Mantel, hinten aufgestickt ein gelber Stern, daran sind sogar die Stiche zu sehen. Der zweite kleine Junge, neben ihm, ist bekleidet mit hellem, kurzärmeligem Hemd. Alle zwei klammern sich mit beiden Händen an das Gitter, auf dessen Gegenseite sich Frauen befinden, zwei davon mehr im Vordergrund, die eine mit Hut, die andere barhäuptig. Eine der Hände des größeren Kindes berührt durch die Maschen noch einmal das Gesicht der Mutter. Wenn auf dem Photo auch nur die Haare, ein Auge und ein Mundwinkel zu sehen sind: es ist klar, sie weint. Darunter die Legende: *Kinder des Ghettos von Lodz beim Abtransport in die Lager.*

Das todgeweihte Kind hätte ebensogut auch er sein können, hätte er sein sollen, und es war

Fuchs, der gestorben war. Er erinnerte sich beinah auf die Minute. An jenem Abend war er lange auf dem Balkon des Heims stehengeblieben, in der Betrachtung der Nacht, während zugleich Fuchs sich verirrt hatte, ohne sich dessen bewußt zu sein. Er war von dem Pfad abgekommen, der hinabführte inmitten der Wiesen. Er hatte gerade Stoff gegen Butter eingetauscht, die er den zurückgekehrten Urlaubern verkaufen wollte. Es war kurz nach der Befreiung, und er lebte vom schwarzen Markt. In der tiefen Bergnacht stieg er geradewegs hinab nach Vauvray. Da die Heuernte vorbei war, konnte er den festeren Graspfad von keinem hohen Gras mehr unterscheiden und stürzte in den kreisförmigen Steinbruch inmitten der Wiese. Bei seinem Fall trennte er sich die Zunge durch; gefunden wurde er am nächsten Tag, in seinem Blut, das schon aufgesaugt war vom Sand und dem Zeitungspapier des Butterklumpens, der geplatzt unter ihm, im Augenblick des Aufpralls, drinnen im Rucksack. Der Arzt setzte den Tod für elf Uhr abends an.

Zu dieser Stunde war es jäh aufgeklart. Der Nordwind hatte die Wolkendecke von einem durchscheinend schwarzen Himmel weggeblasen, und das Tal entfaltete sich in seiner stillen Unermeßlichkeit. Die Hänge in der Ferne strahlten von einem leichten Schimmer.

Aus dem Schlafsaal drinnen erreichte ihn gedämpft die Stimme eines Mitschülers: »Komm herein, wenn der Aufseher dich sieht, wirst du wieder bestraft!«

Der Balkon nahm zwei Seiten des Hauses ein. Ein Schritt, und die Landschaft wechselte die Gestalt. Vorn schaute man bis zum hintersten Horizont; davor das stille nächtliche Dorf, die Straße, der Friedhof, das sich bauchende Tal, die Gegend war ihm vertraut vom Tag her. Oberhalb des anderen Balkonteils die mächtige Kuppe des Mont-d'Arbois vor dem immer helleren Himmel, eine so große, so schwarze Krümmung, daß der Blick nicht darauf vorbereitet war. Jeder Fichtenwipfel stand scharf und dunkel im lichten Himmel.

Und unversehens erhob sich hinter jener gekrümmten und finsteren Wand der Mond. Die Einzelheiten der Bäume ziselierten sich vor seiner inständigen Weiße. Allmählich stieg er höher, rund und runder, und der Hang wurde jäh überzogen von dem silbrigen Licht, mit den Einschlüssen der Nacht. Der Atem wurde ruhig und weit, als streckte sich da die Zukunft aus, ebenso geräumig wie diese unzählbaren Landschaften unter dem Licht des Mondes.

Fresneaux, 9. Juli 1989

Elias Canetti

Die Fackel im Ohr
Lebensgeschichte 1921-1931. Band 5404

Das Augenspiel
Lebensgeschichte 1931-1937. Band 9140

Die Provinz des Menschen
Aufzeichnungen 1942-1972. Band 1677

Das Geheimherz der Uhr
Aufzeichnungen 1973-1985. Band 9577

Die Blendung
Roman. Band 696

Dramen
Hochzeit / Komödie der Eitelkeit / Die Befristeten
Band 7027

Die gerettete Zunge
Erzählung. Band 2083

Das Gewissen der Worte
Essays. Band 5058

Masse und Macht
Band 6544

Der Ohrenzeuge
Fünfzig Charaktere. Band 5420

Die Stimmen von Marrakesch
Aufzeichnungen nach einer Reise. Band 2103

Hüter der Verwandlung
Beiträge zum Werk von Elias Canetti. Band 6880

Fischer Taschenbuch Verlag

fi 185 / 6

Ilse Aichinger
Werke

Herausgegeben von
Richard Reichensperger

Acht Bände in Kassette
Die Kassette wird nur
geschlossen abgegeben
Als Einzelbände lieferbar

Die größere Hoffnung
Roman. Band 11041

»Wer ist fremder, ihr oder ich? Der haßt, ist fremder als der gehaßt wird, und die Fremdesten sind, die sich am meisten zuhause fühlen.«

Der Gefesselte
Erzählungen 1
1948–1952
Band 11042

Am Beginn der Wiederaufbau-Ära sprechen Ilse Aichingers frühe Erzählungen von Erstarrung und Verdrängung, »erlösungssüchtig und untröstlich, kritisch und gelassen.« *Joachim Kaiser*

Eliza Eliza
Erzählungen 2
1958–1968
Band 11043

»Tatsache ist, daß Ilse Aichinger mit den herkömmlichen Praktiken des Schreibens endgültig gebrochen hat. Sie verläßt sich nicht mehr auf Visionen, sie besteht auf reiner bodenloser Anarchie.«
Heinz Piontek

Schlechte Wörter
Band 11044

»Eine Prosa der Zweifel, der Fragen, der Suche. Diese Prosa hebt alles aus den Angeln, was sie anspricht und meint.« *Jürgen Becker*

fi 2013/2 a

Kleist, Moos, Fasane
Prosa. Band 11045

In Erinnerungen an die Zeit des Nationalsozialismus, in Aufzeichnungen und Reden vollzieht sich eine poetische Rebellion gegen die Gewalt der Geschichte.
»Wenn es zur Zeit der Sintflut geschneit und nicht geregnet hätte, hätte Noah seine selbstsüchtige Arche nichts geholfen.«

Auckland
Hörspiele. Band 11046

Dieser Band versammelt erstmals sämtliche Hörspiele Ilse Aichingers, vom sozialkritischen Stück »Knöpfe« (1953) bis zum Sprachgewebe »Gare maritime« (1976), das die Autorin mit Jutta Lampe und Otto Sander inszenierte.

Zu keiner Stunde
Szenen und Dialoge
Band 11047

Dialoge und Szenen, die in mikroskopisch präziser Dialogtechnik Orte und Charaktere lebendig machen, »ein zierliches Meisterwerk, das Fülle und Geheimnis des Lebens enthält.«
Günter Blöcker

Verschenkter Rat
Gedichte. Band 11048

»Gedichte, in denen Kritik an dieser Welt geübt wird, die darum, weil sie nicht tagespolitisch ist, um nichts weniger radikal ist.«
Erich Fried

Fischer Taschenbuch Verlag

fi 2013/2b